Brösel & Max

8 Pfoten für ein Halleluja
Der Sammelband

Von

Andree Ludwig

Ihr findet uns bei Facebook unter:

8PfotenFürEinHalleluja

https://www.facebook.com/groups/
2025947107424508/

"Für mich das Wichtigste im Leben? Für mich ist das Wichtigste im Leben, sich Aufgaben zu suchen, Aufgaben zu verstehen und diese verstandenen Aufgaben bestmöglich zu erfüllen."

Zitat: Helmut Schmidt

Bibliografische Information der Deutschen Nationalbibliothek:

Die Deutsche Nationalbibliothek verzeichnet diese Publikation in der Deutschen Nationalbibliografie; detaillierte bibliografische Daten sind im Internet über http://dnb.d-nb.de abrufbar.

© 2019 Ludwig, Andree

Herstellung und Verlag: BoD – Books on Demand, Norderstedt

ISBN: 9783749480999

Danksagung

Ein besonderes Danke geht an meine Hamburger Freundin Susanne. Du hörst immer zu und weiß zumeist einen Rat. Trotz der vielen Schicksalsschläge, bist Du immer Optimistin und blickst positiv in die Zukunft. Schön das es Dich gibt und Du an mich glaubst. Wenn ich an Dich denke, fällt mir immer ein Zitat von Goethe ein.

Erfolg hat drei Buchstaben: TUN!

An „Toni", für die vielen Tipps und Ratschläge. Toll wie schnell Du begeistert warst und wie die Ideen nur aus Dir rausgesprudelt sind.

An einen sehr speziellen Arbeitskollegen, Danke, dass Du immer sehr kritisch denkst, das Beste gibst und von allen anderen forderst. Matthias ich arbeite gerne mit Dir zusammen, auch und gerade weil wir nicht immer einer Meinung sind.

Ein großes Danke geht vor allem aber an unsere Fans, ohne Euch würde ich nun nicht hier sitzen und schreiben. Es ist immer wieder schön von Euch ein positives Feedback, für unsere Geschichten, zu bekommen.

Vorwort

Wir, ich denke für die meisten von uns sprechen zu können, haben gehörig einen an der Waffel. Wir akzeptieren ein ständig schmutziges zu Hause, machen uns permanent zum Deppen, tragen Kotbeutel von A nach B, entschuldigen uns fast täglich für das Benehmen unserer Hunde und tragen mit Stolz unsere Kratzer, die durch eine zu stürmische Begrüßung entstanden sind.

Wir lieben unsere Hunde und sind darüber hinaus furchtbar schadenfroh, wenn wir sehen, anderen geht es auch nicht besser.

Ich habe zwei ganz besondere Exemplare abbekommen. Haben wollte ich einen Labrador, einen hellen weil die, wie jeder weiß, freundlich sind. Bekommen habe ich einen Holzkopf, der alles aber auch wirklich alles ausdiskutiert und die meisten anderen Hunde nicht mag. Brösel dehnt alle Regeln bis kurz vorm Brechen, bricht sie aber niemals. Er hat seinen Weg gefunden, zu „gehorchen" und dabei sich selbst treu zu bleiben.

Max hingegen ist das Gegenteil, er liebt jeden Hund und jeden Menschen. Er ist dabei sehr tollpatschig und verletzt sich im Spiel des öfteren. Max hört nicht. Er ist in seiner eigenen Welt gefangen und ist bei jedem Spaziergang aufs Neue damit beschäftigt, seine Umwelt zu erschnüffeln. Dies hat natürlich Auswirkungen auf unser Zusammenleben. Max ist der freche kleine Teufel, der niemanden was zuleide tut aber sich nichts sehnlicher wünscht, als die Weltherrschaft an sich zu reißen.

Ich kann Ihnen sagen, zum Hundehalter zu werden, war die beste Entscheidung, die ich je in meinem Leben getroffen habe!

Die Zeit, die folgte nachdem Brösel bei mir einzog, war alles andere als leicht. Es folgten viele Stunden in der Hundeschule, zerstörte Wände und Möbel. Einmal hat Brösel sogar während er alleine zuhause war, die Wohnung unter Wasser gesetzt, er hat sich selber Badewasser eingelassen und so wie es aussah den Spaß seines Lebens gehabt. Nie konnte ich ihm böse sein, immer wenn ich nach Hause kam, begrüßte er mich voller Freude und aufrichtiger Liebe. Ich begann unsere Erlebnisse in diversen Facebook Gruppen zu erzählen und wir erfreuten uns wachsender Beliebtheit. Wir wurden schnell zu „Stars", jeder kannte Brösel und jeder litt mit mir, weil ich den wohl frechsten Hund von allem habe. Trotzdem spukte da die Idee von einem zweiten Hund durch meinen Kopf.

Irgendwann las ich dann einen Hilferuf von Max, er war wohl etwas schwierig und seine Halter waren überfordert.

Kurz darauf holte ich Max ab und mein Leben nahm eine Wendung, wie es wohl nur „Hundemenschen" verstehen können. Alles ging von vorne los, kaputte Wände, Möbel und Fußleisten. Max klaute Lebensmittel aus der Küche und er war noch aufgeregter als Brösel. Glauben Sie mir, 99 Prozent hätten Max wieder weggegeben. Aber es war meine Aufgabe und diese hatte ich gefälligst zu erfüllen! Nun ist Max bereits seit einem Jahr bei mir und ich bereue es nicht. Es gibt einen Spruch unter Hundehaltern: „Man bekommt nicht den Hund, den man will, sondern den, den man braucht". Ich kann dem nur zustimmen, ich wollte einen ruhigen und gemütlichen Hund. Bekommen habe ich zwei an denen ich jeden Tag wachsen darf und die mich immer auf Trapp halten.

Einen Tag nachdem Max bei uns einzog gründete ich unsere eigene Facebook Gruppe, unter 8PfotenFürEinHalleluja kann uns jeder finden.

In den Rollen

👦 Meine Wenigkeit

🐈 Brösel

🐨 Max

👩 Janet Mama von Charly

🐺 Charly

👧 Gartennachbarin

👵 Oma von der Straße

👱 Der arme Mann der Gartennachbarin

👱‍♀️ Tierarzthelferin Anna

👩‍🦱 Fotografin Britta

👨 Klaus

👩‍🦰 Regína

🦊 Ben

🐾 Lotte

🐩 Elli

👩‍⚕️ Tierärztin Meike

👧 Leinenkönigin Anja

👩 Susanne Mama von Lotte

👨‍⚕️ Tierarzt von Lotte

👵 Emma Tochter von Susanne

👩 Yvonne Mama von Elli

👩 Sarah Mama von Ben

👧 Antonela „Toni"

Lebenslauf Brösel

Name: Sir Brösellot von Schnüffelfein, Brösel

Rasse: Labrador

Herkunft: Angeblich aus dem Himmel

Lieblingsessen: Alles was in den Mund passt, Bic Mac

Lieblingsspielzeug: Ball

Beruf: Holzkopf mit Leib & Seele

Hobbys: Fressen, Schlafen, Schwimmen

Hundeschule: Bestanden, nun aber alles vergessen

Schulbildung: Völlig umsonst

Fremdsprachen: Betteln, dies in Perfektion

Liebt: Kuscheln, Kraulen (besonders am Hals & Po)

Hasst: Andere Hunde, Hungern

Schlechte Eigenschaft: Ungeduld

Ziele: Max aufhalten, in seinem Bestreben die Weltherrschaft zu erlangen

Lebenslauf Max

Name: Maximilian aus der Hölle, Max

Rasse: Labrador

Herkunft: Angeblich aus der Hölle

Lieblingsessen: Dosenfutter gemischt mit frischem Gemüse, Cheeseburger

Lieblingsspielzeug: Alles was er nicht darf, Karton

Beruf: Satansbraten mit Leib & Seele (eine solche haben auch Höllenhunde, behauptet Max)

Hobbys: Schlafen, Beobachten, Quatsch machen

Hundeschule: Nicht besucht bzw. Privatschule bei Brösel und mir

Schulbildung: Analphabet

Fremdsprachen: Betteln, lernt täglich dazu

Liebt: Kuscheln, Kraulen (besonders am Bauch & Po)

Hasst: Hungern, Wasserschläuche

Schlechte Eigenschaft: Klaut

Ziele: Völlige Unterwerfung der Erdbevölkerung, sowie aller Tiere

Lotte zu Besuch

🐶 Loooooootteeeeee  !

🐈 Toll und ich seh aus wie ein Ferkel...

🐾 Hallo Maximilian 😍, Hallo Brösel 😐 !

🐶 Oh Lotte was duftest du gut 😊 ...

🐾 Nimm deine neugierige Nase von meinen Arsch! Ich bin ne anständige Dame, wir können erstmal Pfötchen halten!

🐶 Na toll...

🐈 Höhö 🤣 .

🐶 Lach nicht! Dich will Lotte eh nicht! Zu groß, zu blond und naja ich will jetzt nicht in Detail gehen...

🐾 Jetzt zeigt mir erstmal euren Garten, ich muss mal…

🐶 Komm mit!

🐈 Nein komm lieber mit mir!

🐾 Brösel sei nicht traurig, ich geh mit Maximilian.

🐈 Macht doch was ihr wollt, ich geh planschen 🥶 🤢 😩 ...

🐶 Du darfst mich auch gerne Max nennen, zusammen können wir die Weltherrschaft an uns reißen.

🐾 Nix da! Du bist Maximilian und wenn hier einer etwas an sich reißt dann bin ich das! Kapiert?

🐶 Äh…

🐈 Na Stinker läuft bei dir! Bergab aber läuft 🤣 🤣 .

🐶 Hör auf mich zu ärgern!

🐾 Maximilian hör auf zu jammern!

🐕 🌀 Die kleine ist ganz schön bissig, behalt die mal 🤣 ...

🐾 So Maximilian dann folg mir mal, aber bleib von meinem Arsch weg! Ich meine das ernst, sonst baller ich dir eine!!!

💀 Ja doch...

🐾 Dann komm!

🐕 Das kann sich ja keiner mit ansehen 🤣 , der lässt sich von einen Mädchen verprügeln und folgt der noch auf Schritt und Tritt...

Man muss Max auch mal in Schutz nehmen, vermutlich hat er nie gelernt zu Verstehen, wann ein anderer Hund keine Lust mehr hat. Max so stellte sich später raus, ist auf einem Hof aufgewachsen, wo sehr viele verschiedene Hunde lebten und verkauft wurden.

Meine Vermutung ist, dass er viel zu früh von seiner Mama getrennt wurde und somit nicht richtig gelernt hat „Hündisch" zu sprechen.

Er ist allen Hunden gegenüber sehr freundlich, etwas zu freundlich und von Zeit zu Zeit sagen diese ihm dann etwas deutlicher, dass sie nun keine Lust mehr haben.

Max der dies natürlich nicht versteht, sehnt sich daher umso mehr die Weltherrschaft herbei. Spielen nach seinen Regeln, toben wann er es für richtig hält und das am liebsten von früh bis spät.

Mit Brösel seinem Bodyguard, fühlt er sich sicher und Lotte scheint seine angebetete Prinzessin zu sein. Jedenfalls geh ich davon aus, bei keinem anderen Hundemädchen benimmt er sich so „geistreich" daneben 🤦 🤷 .

Ein Labrador am Morgen, schafft Kummer und Sorgen

🐶 Oh uuuiiii die Vögel zwitschern...

🐈 Halt die Schnauze und schlaf!

😴 $z^Zz^Zz^Z_zz^Z$

🐶 Aber es wird hell draußen und ich muss mal!

😴 $z^Zz^Zz^Z_zz^Z$

🐈 $z^Zz^Z_zz^Z$ 🤐

🐶 Haaaaalloooo!

😴 Max schlaf bitte noch etwas. Es ist erst kurz nach 5!!!

🐶 Ich muss maaaaaal!

🐈 Ich muss auch gleich mal was!

😠 Max dein Ernst?

🐶 Ja doch, es klopft schon am Hintertürchen!

🐈 Ich klopf dir auch gleich was!

😠 Man man man...ich sag dir, wenn du mich verarscht, gibt es Ärger!

🐶 Los ihr Fettsäcke aufstehen!

🐈 🤐 🤐 🤐

😠 Weil du Penner gestern Abend wieder mit schnüffeln beschäftigt warst, müssen wir nun leiden, toll! Ich sagte dir du sollst kacken…

🐶 Es ist wie es ist, beeil dich. Aufstehen! Hopp!!!

🐈 🤐 Ich kann gerne für Ruhe sorgen!

😠 Nein Brösel! Wenn der Max muss dann muss er.

🐈 Ich wette, der verarscht dich!

17

🐶 Könnt ihr euch mal ein wenig schneller bewegen!?

😀 Ja doch...

🐈 Oh man...

🐶 Bringt euer Fett in Wallung, Morgenstund hat hat Gold im Mund!

😀 Halt jetzt mal für fünf Minuten die Klappe!

🐈 Am besten den Rest des Tages!!!

🐶 Die Wurst drüüüüüückt, gebt Gas! Wenn ich erstmal die Welt beherrsche, dann müsst ihr immer so früh aufstehen und mich bedienen 😊 ....

🐈 Ich bediene dich besser jetzt, dann ist endgültig Ruhe!!!

😀 Brösel beruhig dich und Max du hältst jetzt die Klappe!!!

🐶 10, 9, 8, 7, 6...

😀 Ruhe! Ich steh ja schon auf!

🐶 Geht doch!

🐈 😀 Nervensäge 🙈 …

Also innerhalb von zwölf Minuten fertig gemacht und auf dem Feld gewesen. Möchte hier irgendwer raten wer nicht gekackt hat? Richtig, das schwarze Monster hat uns verarscht. Es ging danach zum Garten, brauchte einen Kaffee und während ich diesen trank, hockt sich Max doch tatsächlich hin und macht seinen Haufen! Manchmal könnte ich dem Stinker echt den Hals umdrehen.

Antizeckenpraline

2 Eier
300g Buchweizenmehl
1 Esslöffel Kokosöl
200g Moroschesuppe
1 Esslöffel Haselnussmus
1 Teelöffel Knoblauchgranulat
2 Esslöffel Gartenkräuter (z.B. Rosmarin, Thymian, Oregano, Petersilie oder falls vorhanden Lavendel)
Wasser nach Bedarf, Masse sollte etwas weicher als Kartoffelbrei sein.

Alle Zutaten aufschlagen und in Pralinenförmchen geben.

Ofen auf 180 Grad vorheizen und für ca. 20 Minuten mit Ober- und Unterhitze backen.

Ich nutze sie nur als Ergänzung zu anderen Zeckenmitteln.

Gutes Gelingen!

Die Pisskugel

💀 Jetzt reicht es mir aber! Was verdammt stimmt nicht mit dir?

🧑 Wie redest du mit mir? Ich stell mir eher die Frage, was mit dir nicht stimmt!

💀 Warum machst du denn die ganzen Pisskugeln weg? Hast du me Macke?

🧑 Max regt dich mal ab, ich hab den Herrn Buxbaum nur ein klein wenig in Form gebracht!

💀 Und dabei meine wunderschöne braune Pisskugel weggemacht! Blödmann!

🐈 Hä was? Was ist hier wieder los? Ich will schlafen, bitte seid etwas leiser!

💀 Der Penner hat die Pisskugel abgeschnitten!

🐈 Echt? Papa was soll das denn?

🧑 Fang du nicht auch noch an! So sieht es doch viel schöner aus!

🐈 Ja aber....ah mir fällt gerade was ein!

💀 Was denn? Kann ja nicht die beste Idee sein!

🐈 Ooooh doch! Guck mal da am Zaun beim Nachbarn...

💀 Geil! Stimmt du hast recht, da ist ja auch ne Pisskugel...

🧑 Ihr lasst den Buxbaum vom Nachbarn in Ruhe!

💀 🐈 Aber...

🧑 Ich sagte nein!

🐈 Komm schon, wenn das Teil hier durch den Zaun wächst, ist es doch fast deins...

🐨 Auf zur Pisskugel!

🐈 Ich komm mit!

👨 Ihr Pissköpfe…

Als ich den Garten damals übernahm waren die Buxbäumchen in ganz tolle Kugeln geschnitten. Zwei Meter hoch, 30 Jahre alt und toll verzweigt, übern Winter und Frühling jedoch ist alles wieder wild zugewachsen. Die beiden Holzköpfe taten ihres dazu, die Bäumchen sahen nur noch hässlich aus. Ich sägte also die unteren Äste ab und formte die Kugeln neu, dies führte vor allem bei Max zur Empörung. Der erste Weg im Garten führte immer zu einer der Kugeln, die mittlerweile braun waren.

Das neue „Opfer" ist nun mein Pavillon oder auch mal eine der alten Hortensien 🙍 . Ich werde wohl im Laufe der nächsten Jahre einen kleinen Zaun drum herum bauen und hoffen, dass nur dieser angepinkelt wird 🐧 😂 .

Neue Klamotten

👦 Bröööööösel verdammt, was soll das denn?

🐱 Was denn?

👦 Ich hab doch gerade gesagt wir machen heute Fotos! Warum machst du dich denn jetzt nass und dreckig?

🐱 Ja weil...äh...ich weiß auch nicht!

👦 Nimm dir mal ein Beispiel an Max! Der ist fein sauber...

🐶 Genau, nimm dir ein Beispiel an mir 😂!

🐱 Aber wofür brauchst du denn schon wieder Fotos?

👦 Na ihr bekommt neue Leinen und Halsbänder!

🐱 Cool!

🐶 Äh...welche Farbe?

👦 Für Brösel in blau und für dich in Pink.

🐱 Coooool, blau 😍!

🐶 Dein Ernst? Ist das wirklich dein verdammter scheiß Ernst?

👦 Klar!

🐶 Moment....

👦 Maaaaaax, nein nicht im Dreck wühlen!

🐶 Wenn ich schon eine Mädchenfarbe bekomme, dann will ich wenigstens im Dreck wühlen. Meinetwegen können wir los, Fotos machst du ja nun keine mehr. Dafür hab ich gesorgt!

👦 Ich finde das reichlich unverschämt!

🐱 Der Max ist gar nicht so doof wie er manchmal tut, Respekt!

🐶 Immerhin tu ich nur so, kann man von dir leider nicht behaupten.

🐕 Ich hau dir gleich eine auf die zwölf 😵 ….

🧑 Hört ihr bitte mit dem ständigen Gezanke auf!

🐕 Aber der Max…

🧑 Nix aber!

🐼 Höhö, der Dicke bekommt wieder anschiss 😂 …

🧑 Maximilian, du hälst jetzt auch die Klappe!

Später in meinen absoluten Lieblings-Laden, war das Geschrei noch größer. Max bekam eine wunderschönes Halsband aus grau-pink mit der Aufschrift „Pimmelfee" und Brösel eins in hellblau-rot, mit der Inschrift „Holzkopf".

Bei Rocky Dogz, so heißt der Laden, werden Träume wahr. Anja macht alles in reiner Handarbeit, bei Bestellung wird auf Maß gearbeitet und wirklich alles was euch zu euren Hunden einfällt, kann bestickt werden.

Ich hab lange nach etwas besonderen gesucht, nach etwas, was meinen Ansprüchen gerecht wird und von einer Qualität ist, die ihres Gleichen sucht. Unsere Halsbänder sind immer „Extrabreit" und mit dickem Neopren unterfüttert, da ich große Hände habe, müssen auch meine Leinen etwas breiter als Standart sein. Wenn ihr mal in Hildesheim seid, stattet ihr einen Besuch ab, oder schaut euch mal im Netz ihre Seite an. Garantiert findet ihr etwas 😂 !

Ich persönlich hab für mich eine neue Sucht entdeckt 🧟 😂 , ich bin süchtig nach diesen Halsbändern und Leinen. Alle zwei Monate gibt es was Neues für meine beiden Holzköpfe. Die Armen können ja nicht immer dasselbe tragen…

Nur Bäume

👦 Guten Morgen meine Lieben!

🐈 Schön, dass du Zuhause bist! Wie war die Arbeit?

👦 Scheiße, wie irgendwie fast immer...

🐈 Warum? Was war los?

👦 Brösel stell dir vor du bist im Wald. Einen besonders dichten Wald! Was siehst du da?

🐈 Bäume!

👦 Richtig, nun stell dir vor du drehst dich. Was siehst du?

🐈 Noch mehr Bäume!

👦 Siehst du, so ähnlich geht's mir auf der Arbeit, wohin ich schaue nur Idioten! Einer schlimmer als der nächste...

🐶 Moin, wenn du genug gejammert, hast können wir endlich los? Ich muss scheißen!

🐈 Papa, das tut mir leid für dich...

🐶 Ich muss maaaaaal!

👦 Natürlich musst du! Wärst du gestern Abend gegangen, würde es jetzt nicht so drücken!

🐶 Aber es roch überall so toll! Ich kann mich dann einfach nicht konzentrieren.

👦 Nix aber! Es nervt, es ist nicht mein verdammtes Problem, wenn du nur die Weiber im Kopf hast!

🐶 Wenn's aber überall so lecker riecht...

👦 Dann kann man trotzdem seinen Haufen machen! Meinst du es ist jetzt anders?

🐶 Ne, aber es klopft schon am Hintertürchen, wird also von ganz allein gehen.

🐈 Ich denke auch, wir sollten raus, umso schneller gibt es lecker essen...

🧒 Man man man, jetzt macht ihr auch noch Stress. Dafür machen wir ein schönes Morgenfoto mit Sonnenaufgang.

🐶 Dein Ernst?

🐈 Wenn's dich glücklich macht...

🧒 Ja! Nun kommt!

🐶 Hast mal auf den Tacho geschaut? Es ist kurz nach 5 Uhr, da macht man doch keine Fotos!

🐈 Ruhe jetzt halt still! Je schneller wir das hinter uns haben desto schneller gibt es Frühstück!

🐶 Fresssack…

🐈 Ich fresse dich gleich! Halt endlich still und guck in die Kamera.

🐶 Irgendwann tut ihr was ich euch sage. Versprochen…

🧒 Max und bis es soweit ist lächelst du bitte freundlich in die Kamera! Fein, prima macht ihr das. Seht ihr, so schnell geht das.

🐈 Können wir nun bitte frühstücken? Ich verhungere gleich…

Max wurde von den Vorbesitzern, auf anraten des Tierarztes viel zu früh chemisch kastriert, zum Zeitpunkt der Geschichte ließ die Wirkung des Chips nach und die Pubertät kam von jetzt auf gleich. Eine sehr anstrengende Zeit, wenn ich den Vergleich zu Brösel mache, dann war das deutlich entspannter.

Er hatte, wie wohl die meisten Hunde eine ansteigende Pubertät, er konnte sich an die „Wohlgerüche" des anderen Geschlechtes langsam gewöhnen.

Was die Idioten angeht 😉 , natürlich ist dies nur bildlich gemeint.

Wobei… 🙈. Naja lassen wir es lieber dabei, nicht jeder bringt die Leistung, für die er eigentlich bezahlt wird. Bei einigen wenigen denke ich sogar, sie müssten Geld mitbringen, um arbeiten zu dürfen 😂 👿 .

Die Sonnenterrasse

🐈 Papa was wird das hier eigentlich?

👦 Eine Sonnenterrasse!

🐈 Cool, dann kann ich planschen und mich sonnen, gute Idee!

👦 Äh nein. Die Terrasse ist für Menschen, da kommt noch eine Liege hin, damit ich mich auch mal entspannen kann.

🐼 Genau, damit du noch fetter wirst!

👦 Stimmt! Wenn ich so richtig schon aufgedunsen bin, kann ich dich besser platt machen, Stichwort Dampfwalze!

🐼 Machst du eh nicht!

🐈 Könnt ihr mal mit euren dummen Gestänker aufhören! Genießt lieber das Wetter.

🐼 Oh jaaa, das „Wetter"! Schleimer...

👦 Hast ja Recht! Komm, ich lasse euch Wasser in den Teich, er ist ja nun auch endlich fertig...

🐈 Papa du bist der Beste!

🐼 So ein Arschkriecher... naja lass mal Wasser ein, ich sorge schon dafür, das es nicht in den Teich kommt.

🐈 Wie willst du das denn machen?

👦 Erklär mal alter Stinkstiefel!

🐼 Ich beiß das Wasser und dann bekommt es Angst und fließt woanders hin, ganz einfach!

👦 Aha...

🐈 Klar mach du mal...

🐼 Ihr werdet schon sehen! Schließlich bin ich der Sohn Satans, es muss Angst haben.

👦 Max du bist ein Spinner, das Wasser kannst du nicht beißen.

🐈 Papa lass es ihn doch versuchen, ich kann es kaum abwarten 😂.

🐶 Arschpenner! Ich zeig es euch. Wasser marsch!

Max hat seither für sich ein neues Spiel entdeckt. Sobald Wasser aus dem Schlauch kommt, versucht er es zu beißen und zu fressen, nach einer Weile muss ich es leider unterbinden, da er es dann übertreibt und sonst einen Wasserbauch bekommt. Brösel kann immer nicht verstehen, was der Max da macht, er schaut sich dies aus der Ferne an oder schwimmt im Teich seine Runden.

Dies sind dann immer Tage an denen wir besser im Garten bleiben oder noch eine große Runde machen müssen, da beide immer extrem viel pinkeln müssen. Es wäre ja auch zu einfach den Mund beim schwimmen geschlossen zu halten oder in Maxs Fall, nicht nach dem Wasser zu schnappen.

Wie dem auch sei, wir haben immer alle unseren Spaß. Die beiden im und mit Wasser und ich beim Zusehen. Blöd wird es erst wenn die Herren meinen, sie müssen mitten in der Nacht aufs Klo .

Frau Nachbarin

🐵 Herr Ludwig redet schon wieder mit seinen Hunden.

🐱 Na und?

🐵 Ich finde das bedenklich, ist ja nicht so, dass die reden könnten oder verstehen was er sagt...

😐 Das geht uns nix an, soll jeder machen was er will!

🐼 Hey du alte Kruselguste, kümmere du dich um dich und lass uns in Ruhe!

🐵 Jetzt sitzt der Schwarze wieder hier, hoffentlich kommt der nicht über den Zaun...

😐 Ignorier es einfach...

🐵 Ich hab Angst!

🐼 Zurecht! Aber keine Sorge ich hab schon gegessen...

🐈 Papa, Max ärgert schon wieder die Nachbarin!

🧑 Ich seh es 😂 ...

🐈 Ich geh auch mal Hallo sagen...

🐵 Jetzt ist der Dicke auch noch da!

🐈 Dick? Ich geb dir gleich dick...

🐵 Herr Ludwig, ihre Hunde kommen nicht über den Zaun oder?

🧑 Moin, naja können schon aber warum sollten sie?

🐵 Dann sagen sie ihnen, dass sie nicht dürfen!

🧑 Könnte ich aber sie finden es doch bedenklich, wenn ich mit den beiden rede, sie verstehen mich eh nicht! Wir müssen uns also auf unser Glück verlassen 🧞 ....

🐵 Das ist ja die Höhe! Frechheit, wie reden sie mit mir!?

👴 Höhö! Ich sag ja ignorieren! Gute Antwort 😂 😂 😂 ! Meine Frau übertreibt gerne etwas.

🧑 Keine Sorge, die beiden wissen was sich gehört. Davon abgesehen bin ich überaus höflich und sage nicht, was ich gerne sagen würde! Ich arbeite mal weiter…

👵 Gutes Gelingen!

👧 Kannst du mir gefälligst mal den Rücken stärken?! Und sowas hab ich geheiratet!

👴 Denk ich auch, JEDEN Morgen!

👧 Also...das ist…unglaublich!

🧑 Holzköpfe kommt da bitte vom Zaun weg, geht planschen oder spielt mit dem Ball.

🐕 Okay. Ich spiele Wasserball!

🐨 Moment ich piss noch kurz gegen den Zaun…

Mittlerweile gibt es zur Nachbarin einen zwei Meter hohen Zaun auf 5 Meter länge, fortgesetzt wird dieser Zaun mit den Hochbeeten. Weder Max noch Brösel können ihr bei der Gartenarbeit zuschauen. Leider darf ich zum Weg hin den Zaun nicht höher machen, dies hat zur Folge, dass die Gute nun dort trotzdem noch freudig begrüßt wird. Ich hab versucht ihr zu erklären, dass es liebe Hunde sind und sie es ruhig mal versuchen soll, sie zu streicheln oder wenigstens mal auf einen Kaffee rüber kommt. Es wurde abgelehnt, alle Hunde könnten beißen und sie hat da schon ihre Erfahrungen gemacht. Ich würde sagen dann hat sie Pech, zwinge niemanden zu seinem Glück!

Üben, üben, üben…

🐶 Ey Fetti, was willst du schon wieder mit der Leine?

👦 Wir gehen jetzt ein bisschen üben!

🐈 Das wird nie etwas! Der Stinker hat doch nicht alle Knochen im Schrank. Schnüffel hier, schnüffel da. Max konzentriert sich halt nicht auf das Wesentliche.

🐶 Kann ja nicht jeder so trottelig wie du sein. Du und der Fettarsch ergänzt euch echt prima, bloß nicht so schnell bewegen...

👦 Nicht so frech junger Mann!

🐶 Stimmt doch!

👦 Wir sind ja auch schon etwas älter als du! Ganz davon abgesehen kannst du dich langsam mal beherrschen lernen. Du kannst sehr gerne überall schnüffeln, aber brich nicht immer links oder rechts aus!

🐈 Papa vergiss es, das klappt nie.

🐶 Genau vergiss es! Ich bin hier der Chef…

👦 Nix da, hier wird gemacht, was ich sage und ich sage wir gehen nun Gassi. Beide benehmt ihr euch.

🐈 Aber warum muss ich da mit? Ich kann das doch schon, hier im Garten kann ich auch laufen und entspannen.

👦 Nix da, mit gehangen mit gefangen! Du kannst Max ja erklären wie es geht, dann kannst du schneller wieder tun was dir beliebt.

🐶 Mir erklärt hier keiner was! Wenn ich die Weltherrschaft an mich gerissen habe, werden Leinen abgeschafft!!!

👦 Max, mach einfach was ich sage, dann hast du es schneller hinter dir!

🐶 Bla bla bla...

🐈 Gleich gibt es Ärger.

👦 Maximilian es reicht! Benimm dich! Heute wirst du das vernünftig machen, mir tun schon sämtliche Knochen weh von deinen Gezerre!

🐼 Höhö, dann mach ich ja alles richtig!

🐕 Oha...

👦 Maximilian!!!

🐼 Jaja ist ja gut. Aber...

👦 Nix aber!

🐼 Aber..

🐕 Man Max halt die Fresse!

👦 Brösel ich kann das selbst klären! Max heute gibt es kein aber. Nun geht es los.

Nach anfänglichem Extrem-Ziehen und mal wieder auf die Schuhe pissen, ging es dann zum Schluss doch ganz gut 😊 *.*

Max weiß nun theoretisch was links und rechts ist, wobei ich dies jeden Tag neu erklären muß. Ich würde gerne behaupten, es wird besser, leider wäre dies gelogen.

Jeden Tag erklär ich und jeden Tag korrigiere ich, dann klappt es für diesen einen Spaziergang. Ich vermute einfach, dass es an der frühen Kastration liegt und er mit seinen eineinhalb Jahren, mit sich selber überfordert ist. Wenn wir beispielsweise ohne Brösel in der Stadt unterwegs sind ist der Max völlig ausgewechselt, er läuft an der Leine als ob er nie was anderes gemacht hätte, er schenkt mir Aufmerksamkeit und alles was um uns herum passiert, lässt ihn kalt.

In der Stadt läuft alles so, wie man es sich nur wünschen kann, ein absoluter Traum! Bei uns im Ort, Feld, Wiese oder Wald ist alles wieder vergessen.

Lustigerweise ist es mit Brösel genau andersrum. Stadt geht gar nicht, Wald bedingt und Ort, Wiese oder Feld wird es immer besser, teilweise ohne Korrektur. Wenn wir ohne Max unterwegs sind, denke ich teilweise, er will mich verarschen, er weicht mir nicht von der Seite und kann alles im Schlaf, jedes Kommando sitzt.

Deswegen heißt es üben, üben, üben bis es aus den Ohren wieder raus kommt 🤪 .

Schluckauf

🐈 Wohin willst du? Kann ich mit?

🐶 Jo ich komm auch mit!

🧑 Brösel und Max ihr bleibt hier! Ich fahr kurz nach Hildesheim und hole fix was ab.

🐈 Sonst dürfen wir auch mit!

🐶 Genau!

🧑 Nein, es ist heute zu warm und ich mag euch nicht im Auto lassen...

🐈 Dann kommen wir mit rein, da riecht es immer so lecker!

🐶 Ich sag es ja nicht gern aber der Holzkopf hat recht. Da liegen echt leckere Sachen rum!

🧑 Nein! Das tu ich mir nicht an, einer stänkert dann wieder und der andere will toben. Selbst wenn das nicht der Fall ist, wollt ihr wieder die Regale leer fressen!

🐈 Erstens stänkere ich nur, wenn andere doof gucken oder anfangen und zweitens Labradore haben immer Hunger. Du siehst ich kann nix dafür 🐧!

🐶 Na toben würde ich es nicht nennen wollen. Ich würde gerne mal einen wegstecken oder wenigstens mal lecker am Po riechen! Aber wenn die kleine aus dem Laden ein paar Würste auf den Markt schmeißt bin ich auch zufrieden.

🧑 Nix da! Ich fahr alleine, wir waren jetzt drei Stunden draußen und da könnt ihr etwas Ruhe gebrauchen. Bis später.

🐈 Manno...

🐶 Arschpenner!

🧑 Tschüss.

Etwas später🙈 ...

😊 Huhu, ich bin wieder da!

🐈 Juhuuuu! Was hast du denn da überhaupt gemacht?

🐶 Das wird auch verdammt nochmal Zeit! Warum zum Teufel riechst du nach Eis? Wolltest du nicht nur schnell was holen?

🐈 Eis? Ich will auch!

😊 Immer mit der Ruhe, einer nach dem anderen. Also Brösel, Anja hat euch neue Leinen und Halsbänder gemacht und ich hab Fleisch gekauft.

🐈 Cool!

🐶 Scheiße! Da steht doch wieder was doofes über mich drauf!

😊 Maximilian, wenn du dich etwas mehr benehmen würdest, würde da auch nix doofes stehen....

🐶 Also doch! Hab ich Recht gehabt! Erklärt aber nicht warum du Eis ohne uns isst!

😊 Das ist einfach, außerdem was regst du dich auf, bis vor kurzem kanntest du gar kein Eis.

🐶 Aber jetzt liebe ich das Zeug, dann lass mal deine Erklärung hören!

😊 Weil ich's kann!

🐶 Dann werd doch immer fetter!

🐈 Könnt ihr jetzt mal aufhören zu streiten?! Papa zeig lieber mal die Sachen...

😊 Recht hast du. Also hier wäre für den Max Entenfleisch, weil der feine Herr das lieber mag als Rind.

🐶 Toll...

😊 Bitteschön du Motzkopf.

🐈 Jetzt zeig schon!!!!

😀 Hier Brösel, das ist für dich!

🐱 Boah ey geile Farben, Braun steht mir! Die Sprüche 🤣 , herrlich!

😀 Und hier ist deins mein lieber Max.

🐼 Ja die Farbe ist ok. Das Königsblau untermalt meine Ansprüche auf die Weltherrschaft. Warum steht bei Brösel immer was nettes und bei mir nicht?

🐱 Weil ich nett bin!

🐼 Du bist auch nur nett, weil du verfressen bist!

😀 Max benimm dich ne Weile und du bekommst auch was nettes auf deine Sachen!

🐼 Ich bin weder nett, noch leg ich darauf Wert! Mir geht's nur darum, dass ich im Geheimen operiere und du meine Pläne zunichte machst, wenn jeder weiß, dass ich von Satan geschickt wurde!

🐱 Jetzt geht das wieder los...Satan hier, Satan da....

🐼 Ihr werdet schon sehen!

😀 Na klar, werden wir… 😂 .

🐼 Wenn ihr so weiter macht, dann...

🐱 Dann bekommt die Pimmelfee wieder Schluckauf, weil er sich so aufregt!

😀 Brösel nun reiz ihn nicht noch mehr, sonst bekommt er wirklich noch Schluckauf 😂 .

🐼 Ihr Arschpe… hicks, hicks...

🐱 Es geht los 😂 😂 .

🐼 Ich werde… hicks...

😀 Beruhige dich erstmal kleiner 😂 !

🐼 Ich werde euch...hicks, hicks, hicks.... Irgendwann.....

😀 😂

Heringskekse

2 Eier Gr. M
250g Buchweizenmehl
100g kernige Haferflocken
2 frische Heringe ca. 250g
Ca. 60g Wasser
Eine kleine Hand italienische Kräuter

Den Hering in fingerdicke Stücken schneiden und in einem 500g Messbecher pürieren, Wasser zugeben bis ihr die 500g Marke erreicht habt.
Danach alle Zutaten zusammen rühren. Die Masse sollte dann so fest wie Kartoffelbrei sein.
Auf ein Backblech streichen und bei 190 Grad Ober- und Unterhitze backen bis es anfängt hellbraun zu werden.
Stürzen, Backpapier abziehen, das Gebäck drehen und mit dem Pizzamesser in kleine Stücke schneiden.
Zum Trocknen dann für ungefähr sieben Std. bei 70 Grad in den Dörrautomaten.
Oder auf ein Gitter und bei angelehnter Backofentür bei ca. 70 Grad für ungefähr fünf Stunden im Ofen trocknen.

Gutes Gelingen!

Trallala…

👦 Ich muss noch kurz einkaufen und das Auto waschen, ihr habt ja gerade gefrühstückt und könnt mal eine Stunde alleine.

🐈 Geht klar! Waren ja auch schon draußen und halten noch etwas aus.

🐼 Warum? Ich will mit! Ständig verpisst du dich!

👦 Max, nein ihr bleibt hier! Leg dich hin und schlaf etwas. Schau dir Brösel an, die liegt auch schon.

🐼 Der ist ja auch faul und voll gefressen. Ich mach wieder Wände kaputt!

👦 Hör auf mit dem Blödsinn! Nimm dir ein Beispiel an Brösel.

🐼 Der ist ja auch ein Schleimer! Ich bin der Ursprung allen Bösen, das ist mein Job!

👦 Nein dein Job ist nach dem Essen zu ruhen...

🐼 Damit ich so fett werde wie du? Niemals!

🐈 Oha gleich gibt es Ärger....

👦 Nein Brösel, gibt es nicht. Du ruhst dich aus und lässt dich vom Stinker nicht ärgern. Ich beeile mich!

🐈 Oki Doki...

🐼 Du wirst schon sehen, was Du davon hast...

👦 Max versuch es einfach mal. Tschüss….

Da guck ich von unterwegs, ob alles gut ist und kann beobachten wie der kleine Teufel den Flur bearbeitet. Ins Mikrofon gesprochen = Null Reaktion 👻 *...*

🧒 Max Nein!

🐼 🐵

🐈 zᶻᶻ

🧒 Maximilian! Hör auf!

🐼 🐵 Tralala....

🐈 zᶻᶻzᶻ

🧒 Maximilian! Nein! Lass das bitte!

🐼 🐵 🖕 Tralala....

🐈 Was ist denn hier los? Wer brüllt hier? Oha... Max das gibt Ärger!

🐼 Nö, der Spacko erklärt dann wieder mit viel Blablabla irgendwas. Ich hör da nie zu...

🧒 Max hörst du jetzt auf!

🐼 🐵 🖕 🖕 Tralala....

50 Minuten später....

🐈 Huhu Papa 😍 🫠 !

🐼 Na Dicker, auch wieder da?

🧒 Max, nicht springen...

🐈 Das ist seine besondere Art sich zu entschuldigen, man hat der wieder Scheiße gebaut.

🧒 Ja Brösel ich weiß, ich hab es schon gesehen. Max ist eigentlich ein Lieber, leider mit etwas viel Glitzerknete im Kopf.

🐼 Bin ich nicht, hab ich nicht!

🧒 Max, setz dich hin und hör zu!

🐼 Dein Ernst? Schon wieder?

🧒 Natürlich! Bis du es begriffen hast!

🐈 Ich mag, wenn du erklärst 😍 ...

😃 Fein Brösel! Also Max, ich find das nicht gut! Du kannst dir dabei weh tun, stell dir vor deine schönen Zähnchen brechen ab oder du bleibst mit der Kralle an einer Schraube hängen...

🐶 Langweilig...

🐈 Ich erklär auch immer, was alles passieren kann.

😃 Max warum machst du das?

🐶 Hüpf hüpf tralala...

😃 Max setzt dich bitte und hör zu...

🐶 Nö...

🐈 Ach komm lass ihn, streichle mich lieber 😍 ...

😃 Gleich mein Lieber! Max...

🐈 Nein jetzt! Max hört eh nicht zu.

🐶 Ich will auch...

😃 Wir klären das jetzt erst!

🐈 Kuschelzeit!

🐶 Genau schön am Po kraulen, da mag ich es am liebsten!

😃 👮 Na gut meine Lieben, kommt her 😍 🙈 !

Auch hier war viel Geduld gefragt, mittlerweile weiß der Max sich zu benehmen. Er weiß nun, ich komme immer wieder nach Hause und dann ist Hundezeit. Kuscheln, spielen, kraulen und raus gehen.

40

Hochbeete

Da Brösel mir ständig die Erdbeeren, Brombeeren und Zucchini geklaut hat. Der Max die Tomaten, die Heidelbeeren rausgerissen und außerdem ständig ins Beet geschissen hat, hab ich beschlossen Holzkopf sichere Hochbeete zu bauen, komplett umzäunt. Mir klaut hier keiner mehr was 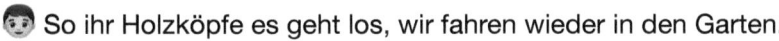.

🧑 So ihr Holzköpfe es geht los, wir fahren wieder in den Garten.

🐈 Es ist Arsch kalt und noch dunkel.

🐶 Recht hat er! Seid Tagen scheuchst du uns so früh raus, nur weil du da was bauen willst.

🧑 Der frühe Bär bekommt den Honig. Also hopp hoch mit euch!

🐶 Aber nur weil ich eh kacken muss...

🐈 Ich mag nicht, das ist voll fies wenn ich überstimmt werde ☹️ .

🧑 So ist das Leben, raff dich auf und komm.

🐈 Sag mal Papa was baust du da überhaupt?

🧑 Du erinnerst dich an die Erdbeeren?

🐈 Ja voll lecker 😍 !!!

🧑 Schön für dich, ich hab kaum welche abbekommen und kann mich deswegen nicht dran erinnern...

🐈 Tut mir leid, ich gelobe Besserung!

🧑 Brauchst du nicht! Ihr beiden hab bestimmt mitbekommen, dass ihr da, wo ich arbeite, nicht mehr hinkommt.

🐈 Ja, aber das beantwortet nicht meine Frage!

🐶 Du und deine doofen Fragen, sei froh das der Dicke beschäftigt ist!

🐈 Warum?

🐶 Und wieder ne doofe Frage! Ist doch klar, dann können wir buddeln und Stöcke abbeißen.

👦 Also um das zu klären, Brösel das wird ein Gemüse und Früchte Garten. Das Ganze ist so gesichert, dass ihr da nix mehr klauen könnt oder in die Beete scheißt!

🐱 Das ist aber gemein...

🐶 So so... Ich sag nur selber fressen macht fett!

👦 Max deine Unverschämtheiten nehmen langsam Überhand!

🐶 Ich versteh dich nicht!

👦 Jetzt auf einmal?

🐶 Was sagst du?

👦 Ich sagte...

🐶 Was?

🐱 Jetzt ärgere ihn doch nicht wieder.

🐶 Ist dir der Pickel auf der Stirn aufgefallen?

🐱 Ja...

🐶 Der sieht da mit aus wie ein Inder 😂 ...

🐱 Stimmt 😂 ...

👦 Hallo! Sag mal was stimmt denn mit euch nicht? Ich glaube ihr geht heute mal ohne Essen ins Bett und denkt über eure dummen Sprüche nach!

🐶 Was du saaaagen?

👦 Max!

🐱 Ich hab damit nicht angefangen...

👦 Mit gehangen mit gefangenen!

🐶 Was? Ich verstehe nix...

🐱 Jetzt hör auf, ich hab Hunger!

👦 Ich esse nachher schön Chips und ihr dürft zusehen...

🐕 Papa das lass mal lieber.

👨 Warum?

🐕 Ich hab gehört davon gibt es Pickel...

🐼 Wenn er noch einen bekommt das ist es ein Doppel Inder 😂 ...

👨 Maximilian 🤬 !

Cheeseburger Kaustreifen

150g Rindermett
2 Eier gr. L
230g Buchweizenmehl
50g geriebenen Parmesan
2 Scheiben Käse
Ca. 120g Wasser

Das Mett zu zwei Burgerpattis formen und leicht anbraten, wenn sie fertig sind die beiden Käsescheiben drauf legen. Abkühlen lassen.

Die abgekühlten Burger mit Wasser pürieren.

Mehl, Eier und die Burgermasse zusammen rühren und anschließend den geriebenen Parmesan unterheben.

Alles auf einem Backblech verteilen und bei 180 Grad Ober- und Unterhitze backen bis der Käse goldbraun ist.

Im Anschluss mit dem Pizzaschneider in Streifen schneiden. Für längere Haltbarkeit kommt das Ganze bei mir nochmal bei 70 Grad für ca. 5 Stunden in den Dörrautomat, bis es trocken ist.

Gutes Gelingen!

Das zerstörte Schlafzimmer

Morgens 6:20 Uhr, gerade 2,5 Std. geschlafen....

🐱 Papa, Papa wach auf!

😀 Brösel halt die Klappe und hör auf zu schreien!

🐱 Papa guck mal was der Max da macht...

😀 Mir egal was er macht, ich bin müde!

🐱 Sag nicht, ich hätte dich nicht gewarnt!

10 min später...

😀 Was raschelt hier denn so? Könnt ihr nicht mal ruhig sein!

🐱 Ich sagte ja guck mal...

😀 Was soll ich gucken? Wo ist überhaupt der Max?

🐱 Ich an deiner Stelle würde erstmal tief atmen!

😀 Was ist los?

🐱 Mach mal Licht an 😂 ...und atmen!

😀 Verdammt was ist denn hier passiert? Maximilian!!! Alter was stimmt nicht mit dir?

🐼 Wie was soll nicht mir mir stimmen? Hab nur ein bisschen umdekoriert!

😀 Umdekoriert? Du hast das Schlafzimmer zerstört!

🐱 Atmen!

😀 Brösel ich atme dir auch gleich was!

🐱 Ich wollte dich warnen! Du erinnerst dich? Ich sollte ruhig sein.

🐼 Dir kann man auch nix recht machen. Erst beschwerst du dich,

ich würde nicht im Haushalt helfen und wenn ich dann was mache, ist es auch wieder nicht richtig!

🐈 Atmen!!! Ruhig bleiben....

👦 Ich bin ruhig!!!!

🐈 Du platzt gleich...atmen...

👦 Maximilian dir rate ich heute wirklich die Pfoten still zu halten! Du hilfst bitte nie mehr im Haushalt!

🐶 Na geht doch!

🐈 Oha 🐶 ...Papa atmen!

👦 Was geht doch?

🐶 Öhm ...nix! Also solltest du Hilfe brauchen, sag Bescheid, ich bin allzeit bereit! Jetzt wo ich weiß wie toll Hausarbeit ist....

👦 Du gehst besser raus, für heute hast du Schlafzimmerverbot!

🐈 Ich möchte nur betonen, dass ich dich warnen wollte und ganz brav mit dir gekuschelt habe!

👦 Ja doch....

🐈 Gibt es nun Frühstück?

🐶 Ich hab auch Hunger, war ganz schön anstrengend!

🐈 Atmeeeeeeeee!

👦 Und danach wird bitte geschlafen, ich bin müde!

Weihnachtskarten

👦 Brösel heute machen wir wieder Fotos für die Weihnachtskarten. Haste Lust?

🐈 Auf keinen Fall! Letztes Jahr war schon die Hölle?

🐶 Hölle? Mein Stichwort! Ich bin dabei! Was sind Weihnachtskarten?

🐈 Das willst du gar nicht wissen. Es ist ganz furchtbar und schrecklich!

🐶 Furchtbar und schrecklich? Hört sich Klasse an, ich bin dabei! Genau mein Ding, da bin ich Experte!

👦 Max, du verstehst das glaube ich falsch, Weihnachtskarten sind genau das Gegenteil von Hölle. Ihr zieht euch was schickes an, lächelt freundlich in die Kamera und ich bastel anschließend Karten daraus.

🐶 Ne das will ich nicht! Ich kann nett und freundlich nicht leiden...

👦 Das interessiert niemanden was du willst!

🐈 Können wir nicht auf Weihnachten verzichten?

👦 Willst du Geschenke?

🐈 Ja...

👦 Dann hat sich die Frage ja wohl erledigt!

🐶 Weihnachten gibt es Geschenke? Ich will auch!!!

👦 Aber du bist doch ein Höllenhund, was wird dein Chef dazu sagen!?

🐶 Der sieht ja auch nicht alles.

👦 Na dann wollen wir mal los!

🐈 Manno!

🐶 Na gut…

Mit sehr vielen Leckerli, sind die tollsten Fotos entstanden. Max hat sich als Elfe mit Ringelzipfelmütze verkleidet und Brösel hat Weihnachtsmann gespielt. Die Freude sieht man den beiden auf jeden Bild förmlich an 😂.

Saubere Ohren

👦 Wir putzen heute mal die Öhrchen.

🐈 Nein! Das ist nicht lustig, das mag ich nicht!

🐨 Was hat der Holzkopf denn nun schon wieder?

🐈 Meine musste nicht putzen, die sind gewiss ganz sauber!

👦 Das sehen wir dann mein Lieber.

🐨 Was ist eigentlich Öhrchen putzen? Und wofür sind die Kekse? Da ist doch was faul!

🐈 Blitzmerker! Glaubst du etwa wir bekommen die Kekse einfach so?

🐨 Klärt mich jetzt mal wer auf! Was ist hier los?

👦 Max ich mach euch jetzt die Ohren sauber, dafür sprühe ich ein bisschen Spray in die Ohren und dann wisch ich mit einem Lappen drüber, fertig.

🐨 Hört sich einfach an, wo ist der Haken?

🐈 Das siehst du gleich...

👦 Brösel, mach nicht so ne Panik! Max alles ist gut, Brösel zeigt dir kurz wie es geht.

🐈 Aber nur weil es Kekse gibt und du siehst, das ich saubere Ohren habe!

👦 Ja ja ist gut, komm her...

🐈 Wenn es denn sein muß.

👦 Fein und nun noch wischen und fertig bist du. Oh man Brösel deine Ohren sind ja wirklich Blitze Blank!

🐈 Sag ich ja und nun her mit den Keksen!

👦 Bitte schön, verdient ist verdient.

🐶 Das sah ja einfach aus ich will auch!

🧑 Na dann komm mal her. Zuerst sprühen wir....

🐶 Iiiiih ne bäh das mag ich nicht!

🧑 Halt still, das andere Ohr muss ich auch noch sprühen....

🐶 Alter lass das! Tierschutz!

🧑 Fein, fast geschafft und nun noch wischen!

🐶 Die sind bestimmt auch so sauber wie die vom Holzkopf.

🧑 Sehen wir gleich....iiih! Max, Alter wer wohnt denn hier? Boah kein Wunder, dass du nicht hörst! Sowas schmutziges hab ich ja noch nie gesehen! Zeig mal das andere Ohr. Naja das geht gerade noch so...

🐶 Sind wir fertig? Bekomme ich nun Kekse?

🧑 Kekse ja aber wir müssen nochmal nach reinigen!

🐈 Höhö, der Stinker hat die Pest im Ohr 😂 ...

🧑 Red nicht so einen Unsinn!

🐶 Ich will nicht mehr!

🧑 Einmal noch, dann ist gut für heute. So einmal sprühen, kurz kneten und wieder wischen. Gucke fast sauber das Tuch...

🐶 Jetzt reicht es aber! Sind ja Höllenqualen !

🧑 Du sagst doch immer, du bist ein Höllenhund, als stell dich nicht so an.

🐶 Ja aber... Naja ich...

🐈 Typisch Max, sucht immer ne Ausrede…

🐶 Eines Tages werdet ihr alles zurück bekommen. Versprochen!

Wenn die beiden etwas abgrundtief hassen, dann ist es Ohren putzen. Brösel lässt sich mit Keksen bestechen, Max tut jedes mal so, als würde ich ihn schlachten 🧛 😂 . Hier wird nach Bedarf gereinigt,

Max, wenn er sich mal wieder so ordentlich dreckig gemacht hat und Brösel etwas öfter da er beim Schwimmen immer taucht.

Forelle-Karotte & Forelle-Karotte-Käse

5 Eier Gr. M
2 Karotten
Ca. 250 g Buchweizenmehl
*/2 Hand voll Buchweizengrütze
* Päckchen Forellenfilets
3/4 Becher körniger Frischkäse
Ggf. etwas Wasser

Eier ohne Schale schaumig schlagen.
Karotte raspeln, zusammen mir der Forelle und dem Frischkäse zum Ei geben. Glatt rühren.
Die Buchweizengrütze (oder Flocken) dazu geben und weiter rühren. Nach und nach das Buchweizenmehl dazu geben und aufschlagen, dann nehmt ihr die Hälfte und streicht es auf ein Blech mit Backpapier (ich feuchte das Blech an damit das Papier nicht rutscht). Das Blech in den vorgeheizten Backofen bei 200 Grad Ober- und Unterhitze für etwa zehn Minuten backen.
Danach die steife Masse mit einen Pizzaschneider in mundgerechte Happen einteilen und für weiter zehn Minuten in den Ofen.

Die andere Hälfte der Masse kann man toll mit geriebenem Käse verfeinern, einfach unterheben. Backen wie oben beschrieben. Mein Tipp: vor dem Backen mit Wasser besprühen, dann glänzen die Kekse schön. Bei den Forellenkeksen mache ich immer noch ein paar Kräuter mit drauf.

Zur besseren Haltbarkeit trockne ich sie dann zusätzlich im Dörrautomaten, je nach Sorte bei 70 Grad für mindestens fünf Stunden.

Elli kommt zu Besuch

👦 Holzköpfe heute bekommt ihr Besuch! Ihr wisst was das heißt?

🐼 Toben!

🐈 wenn es ein Junge ist, eine aufs Maul hauen!

🐗 Scheiße, hoffentlich was ruhiges!

🐵 Wer denn?

👦 Nein, das heißt ihr werdet euch benehmen! Charly knurrt nicht, Brösel atmet tief durch, Janet kümmert sich um die Gespräche und Max versucht mal was Neues: ruhiges Spielen!

🐼 Mal gucken...ist es ein Junge oder Mädchen?

👦 Ein Mädchen...

🐼 Ui, na das wird ein Spaß!

🐈 Der bekommt bestimmt wieder auf die Fresse, wie bei Lotte 😂 .

🐗 Hauptsache die kleine hält sich fern!

🐈 Papa? Wenn die doof ist, sag ich der das aber! Die darf nur in den Garten, wenn die toll ist!

🐵 Ich bin gespannt!

👦 Beruhigt euch erstmal, wir werden sehen was kommt. Wir treffen uns erst auf dem Feld…

Etwas später

👦 Alle aufgestanden! Yvonne sagt sie ist da...

🐼 Attacke 😺 !

🐗 Wenn's denn sein muss 😬 ...

🐈 Ich bin begeistert 🙄 ...

🧑 Es ist so warm...

🧑 Ihr benehmt euch! Alle vier!!!

🐶 Ich kann sie schon riechen 😁 !

🐩 Guck mal Mami, da kommen drei andere Hunde.

🐕 Hinsetzen und warten, das sind die Holzköpfe.

🐩 Oh cool, dann können wir spielen und ich komm auch in so ne Geschichte!

🐕 Abwarten, vielleicht mögen die dich ja gar nicht.

🐩 Das klär ich schon 😁 ...da sind sie!

🐶 Hey hey Kleines! Na wie wie geht's dir? Ich bin der Max und wenn ich groß bin regier ich die Welt!

🐩 Boah cool! Ein Macher 😁 und wer sind deine Kumpels? Ich bin übrigens Elli...

🐶 Der Dicke ist Brösel, er ist etwas einfach gestrickt und verfressen.

🐩 Hallo Brösel 😁 , ich finde nicht, dass du dick bist!

🐈 Moin, danke. Ich muss dem Stinker wohl mal wieder Manieren beibringen! Nun zu dir, halt dich bedeckt und wir bleiben Freunde...

🐩 Und wer bist du?

🐕‍🦺 Oh man die labert ja noch mehr als der Stinker! Tach auch, Charly mein Name und nein ich spiele nicht mit dir!

🐶 Jo, nun hast du ja meine Gang kennengelernt, lass uns spielen...

🐈 Deine was?

🐕‍🦺 Ich glaube der braucht eine aufs Maul!

🐩 Heute wohl mit der falschen Pfote aufgestanden, oder was?

🐶 Die sind immer so...komm mit.

🐈 Nene, die Keine kommt mit mir mit!

🐕‍🦺 Hauptsache ich hab meine Ruhe, macht was ihr wollt!

🐕 Folg mir.

🐩 Boah ey, krass, ihr habt ja einen Schwimmteich!

🐕 Jo der ist voll toll 😸 ...

🐶 Rennen wir ein bisschen?

🐩 Klar!

🐕 Weiber...

🐶 Hey, schubs mich nicht!

🐩 Weichei!

🐶 Auuu...

🐕 Höhö 😂 ich hab voll das Déjàvu, Max bekommt mal wieder eins drauf 😂 ! Die Kleine mag ich.

🐩 So, da wir nun geklärt haben, wer von uns der Chef ist, können wir weiter spielen!

🐶 Manno...

🐕 Elli willst mal mit meinen Ball spielen?

🐶 Das darf ich nie! Manno....

🐩 Auja!

🐶 Irgendwann beherrsche ich die Welt und dann...

🐕 Und bis es soweit ist, kümmere ich mich um Elli 😸 !

🐕 Hoffentlich dauert das noch!

🐩 Der Max träumt ganz schön wirres Zeug.

🐕 So ist er halt, Max ist anders als wir.

🐶 Pffff....

Wie bereits erwähnt, erkennt Max nicht immer wann er es übertreibt. Gerade bei Mädchen setzt das Hirn etwas aus 🙍. Ich passe natürlich auf, dass er nicht zu aufdringlich ist und schick ihn dann auch mal zum Nachdenken auf seinen Platz. Dennoch ist es amüsant zu sehen, wie sehr er gefallen will und was er für „Geschichten" erzählt, um sich interessanter zu machen. Bei Elli hat der es relativ schnell verstanden, bei seiner Lotte wird er es wohl nie verstehen 👻 . Wo die Liebe halt hinfällt…

Nächtliche Gespräche

🐈 Papa ich bin müde! Kannst du nicht endlich mal das Licht ausmachen?

🐨 Scheiß aufs Licht, das Gelaber ist viel schlimmer!!!

👦 Pssst ich telefoniere...

🐈 Es ist kurz vor halb eins! Wer zum Henker ist da noch wach?

🐨 Schnauze! Ich brauch meinen Schönheitsschlaf!

👦 Pssst bin gleich fertig! Max du bist schön genug.

🐈 Ich hab Hunger! Der Max ist aber nicht so ein schöner Kerl wie ich!

👦 Du hast immer Hunger! Ihr seid beide schön.

👧 Ich denke auch das nun Schlafenszeit ist, schau dir in Ruhe die Seiten an und wenn du Fragen hast, meld dich.

👦 Alles klar. Danke, das waren echt gute Tipps. Ich denke so komme ich echt weiter.

👧 Das freut mich. Gute Nacht!

🐈 Ich hab immer noch Hunger!

👦 Brösel jetzt ist Ruhe, du sollst schlafen!

🐨 Ist jetzt hier endlich mal Ruhe? Laber hier nicht rum, es reicht!

👦 Ja Max nun geht's ins Bett, vorher bekommt der Brösel aber noch ein Würstchen.

🐈 Auja, du bist der Beste, mit vollem Bauch kann ich viel besser schlafen!

🐨 Ich will auch eins! Entschädigung, weil du nur am quasseln warst.

😊 Ist ja gut, sorry.

🐱 Würstchen 🌭!

🐼 Lecker und nun ab ins Bett!

😊 Max ist doch gut jetzt, wir gehen ja schon ins Bett. Du hast Recht, es ist schon spät.

🐼 Hab ich immer!

🐱 Hast du nicht!

😊 Ihr könnt euch trösten, ich hab immer Recht und nun ist Ruhe hier. Ihr schlaft und ich guck mal im Netz was „Toni" meint.

🐱 Aber ohne Licht!

🐼 Hauptsache du hältst endlich die Klappe!

😊 Ja doch, kein Licht und kein Gerede!

🐱 Schlaf gut Papa. Ich hab dich lieb!

😊 Später Brösel, ich hab dich auch lieb!

🐼 Wenn ich irgendwann hier mal das Sagen habe wird es strenge Ruhezeiten geben...

😊 Und bis es soweit ist, hältst du die Klappe!

🐼 Manno...

🐱 😷 Der Stinker kann es nicht lassen…

😊 Nun ist gut, träumt was schönes!

Planschen

🐕 Papa?

👦 Brösel?

🐕 Du?

👦 Was denn?

🐕 Du hast mich doch lieb?

👦 Brösel was möchtest du von mir?

🐼 Könnt ihr nicht mal die Schnauze halten? Ich versuche zu entspannen!

👦 Natürlich gerade du 😂 😂 , das wär was ganz neues!

🐕 Papa!

👦 Was gibt es denn so wichtiges? Natürlich hab ich dich lieb!

🐕 Ich hab Hunger!

🐼 War so klar!

👦 Du hast immer Hunger! Es gab gerade Frühstück, du bekommst jetzt nichts.

🐕 Aber Labradore haben immer Hunger.

👦 Nein du weißt was Frau Doktor gesagt hat!

🐕 Ich hab doch schon abgenommen!

🐼 Und bist trotzdem dicker als ich!

🐕 Ich hab halt kräftige Knochen.

👦 Später gibt es ein Leckerli...

🐕 Auja! Wann ist später?

🐼 Wo das nun geklärt ist, würde ich nun gern weiter nachdenken.... ich meine entspannen!

🐈 Papa?

🧑 Was ist denn nun schon wieder? Brösel hast du heute Quasselwasser getrunken?

🐶 Ruhe hier!

🧑 Max hast du heute schlechte Laune?

🐶 Nein mir ist nur warm und ich denke… ich meine, ich entspanne nur!

🧑 Max in der Hölle ist es noch wärmer!

🐶 Weiß ich doch, schließlich komm ich da her!

🧑 Dann motz nicht, dass es zu warm ist und freu dich!

🐈 Papa!

🧑 Holzkopf was willst du von mir?

🐈 Können wir schwimmen fahren?

🐶 Der gibt aber auch keine Ruhe. Sag ja dann ist er glücklich, ich kann sonnen und weiter nachdenken.

🐈 Fahren wir?

🧑 Na gut. Max worüber denkst du denn nach?

🐈 Juhu, du bist der Beste!

🐶 Über meine Pläne die Weltherrschaft zu übernehmen, dann sage ich was wir tun und lassen!

🐈 Und bis es soweit ist hältst du die Klappe, sonst gibt es was auf die Zwölf!

🐶 Arschpenner, irgendwann…

🧑 Jaja irgendwann, nun komm wir wollen los!

🐶 Ihr werdet schon sehen!

Brösel ist eine Wasserratte wie es im Buche steht, er kann Stundenlang schwimmen, tauchen und planschen. Man glaubt es kaum aber selbst Leckerli sind ihm dann fast egal. Vor Max seiner Zeit waren wir mal an einen See, er hatte gerade erst schwimmen gelernt und wollte einfach nicht rauskommen. Ich stand am Ufer mit Spielzeug und den tollsten Leckerli, keine Chance. Nach einer Weile hab ich mich versteckt und Brösel beobachtet, irgendwann stellte er fest, ich bin weg und kam aus dem Wasser, suchte nach mir, fand mich und ehe ich ihn zufassen bekam war er schon wieder im Wasser.

Max weiß leider oder sollte ich lieber sagen Gott sie Dank noch nicht, dass er schwimmen kann. Ihm reicht es, sich abzukühlen oder am Rand etwas zu laufen.

Kekse für Empompi

🐈 Sag mal Papa, sind die Kekse alle für mich?

🐶 Hey du Sausack, du meinst für uns!

🐈 Nö, ich mein das schon so wie ich gesagt habe! Also alle für mich?

🐶 Du bist ein Gierlappen!

🧑 Hört auf zu streiten!

🐈 Dann sag dem Stinker einfach das die Kekse alle für mich sind und dann ist Ruhe!

🧑 Brösel das ist alles...

🐈 Ja ja sag schon! Meine?

🧑 Nein du Holzkopf! Ihr bekommt natürlich auch ein paar zum probieren.

🐈 Wie jetzt ich soll mit dem Stinker teilen und vor allem nur ein paar? Was passiert mit dem Rest?

🐶 Haha der Holzkopf muss teilen! Sag nicht immer Stinker zu mir, alter Arschpenner!

🐈 Bin ich in Scheiße gelatscht oder du?

🐶 Ich...

🧑 Wenn ihr Pfosten mich mal ausreden lassen würdet, könnte ich's ja erklären!

🐈 Was gibt es da zu erklären?

🐶 Das sind doch Hundekekse, also sind die für mich, meinetwegen auch für uns, ganz einfach!

🧑 So einfach ist das nicht. Ihr müsst nun ganz tapfer sein!

🐈 Sag schon!

🐶 Erzähl, mich haut nix von den Pfoten.

😃 Die Kekse sind tatsächlich für Hunde, aber nicht nur für euch! Die 76 Tütchen bringen wir morgen zu Anja von Rocky Dogz.

🐱 Willst du mich verarschen?

🐶 Was soll das denn?

😃 Susanne hat doch dieses tolle Projekt für Schattenkinder, Empompi.

🐶 Wer ist Susanne?

😃 Die Mama von Lotte.

🐶 Lotte 🙀 !

🐱 Ja und was hat das alles mit den Keksen zu tun?

🐶 Ich mag Lotte 😍 …

😃 Anja hat angeboten die Kekse im Rahmen einer Spendenaktion, in ihrem Laden unter die Leute zu bringen.

🐱 Ok hört sich gut an. Dann will ich mal nicht so sein und teile. Aber das wird hier nicht zur Gewohnheit!

🐶 Und was ist mit Lotte?

🐱 Das ist wieder typisch Max, sag Lotte und er kann wieder keinen klaren Gedanken fassen.

😃 Max ist verliebt Brösel, so ist das dann halt. Lotte bekommt natürlich auch Kekse.

🐱 Kann mir nicht passieren. Solange es Kekse gibt, brauch ich kein Mädchen.

Meine liebe Anja hat fleißig die Werbetrommel für Empompi gerührt und so kam es das 30 Beutel verkauft wurden. Der Erlös ging natürlich direkt an Empompi und Susanne konnte dafvon gleich Filme für die Kameras kaufen.

*Der Dezember war ohnehin ein toller Monat, wir haben die 2000,00 €
Marke knacken können und somit konnten die ersten Gruppen
gebildet werden!*

Grünlippmuschel-Harzer-Streifen

250g Buchweizenmehl
2 Eier Gr. L
1 gr. Löffel Grünlippmuschelpulver
1 ganzer Harzerkäse
Ca. 150g Wasser
2 gr. Löffel Kokosöl

Den Harzerkäse klein schneiden und zusammen mit den anderen Zutaten mischen. Masse sollte wie sehr weicher Kartoffelbrei sein. Die Masse auf ein Backblech streichen.

Bei 180 Grad Ober- und Unterhitze für ca. 25 Minuten backen.

Dann sofort vom Backpapier lösen (sonst klebt der Käse) und in Streifen schneiden.

Hier könnt ihr dann den Dörrautomaten nutzen oder ihr lasst sie offen trocknen.

Nicht vergessen den Probierhappen für den Hund.

Gutes Gelingen!

Schimpfen

🧑 Auf euren Platz und zuhören!

🐱 Warum so sauer?

🐶 Genau! Du darfst dich ruhig anständig artikulieren...

🧑 So anständig wie ihr heute wart?

🐱 Was meinst du?

🐶 Jetzt mach mal kein Fass auf, bis auf kleine Ausnahmen war alles wie immer!

🧑 Ganz genau! Wenn ich nicht so müde und kaputt wäre, würde ich euch beide heute noch ins Tierheim für schwer erziehbare Hunde schicken  !

🐱 Nun reg dich nicht auf, der Tag ist eh um.

🐶 Was genau ist nun dein Problem?

🧑 Mein Problem? Mein verdammtes Problem fing heute morgen schon an!
1. Ich steh schon viel früher auf als nötig wäre, weil du gerne länger schnüffelst und Brösel ewig zum Scheißen braucht. Heute genau umgekehrt, Brösel kackt und du kommst nicht aus dem Quark.
2. Wir bekommen im Garten Besuch und ihr macht alle nass und hört für keine fünf Leckerli.
3. Wir waren fast drei Stunden im Regen unterwegs, keiner von euch scheißt, erst dann auf dem Rückweg.
4. Ich sage nass dürft ihr nicht ins Bett, bin gerade am Einschlafen und schwupp hab ich ein nasses Bett.
5. Wenn andere Hunde am Grundstück vorbeigehen, dürfen die das ohne, dass ihr wie blöd bellt, mich ins Beet zieht und ich mir weh tue.

🐶 Du übertreibst total!

🐱 Der andere Hund war halt doof, hast du nicht gesehen wie der geschaut hat?

🐼 Es macht ja auch Spaß ins Wasser zu springen und sich dann zu schütteln!

🐒 Da hat er Recht!

🧑 Seht ihr, keiner von euch versteht was verkehrt lief!

🐒 Die Hauptsache ist doch, dass wir dich lieben!

🐼 Genau, wir haben dich voll lieb und wenn ich irgendwann...

🧑 Untersteh dich heute von deiner Weltherrschaft zu träumen! Träum erstmal von etwas Benehmen!

🐼 Irgendwann…

🐒 Gibt es nun was zum Essen?

🧑 Morgen wird es bitte besser! Versprochen?

🐒 Klar doch!

🐼 Natürlich!

Brösel hat natürlich Recht, der andere Hund hat angefangen. Er bellte und Herrchen hielt es aus mir absolut unerklärlichen Gründen nicht für nötig weiter zu gehen. Nein im Gegenteil der kleine bellende Hund durfte sogar noch sein „Revier" markieren, ist doch klar, dass der Holzkopf sich darüber aufregt. Max hätte wohl gern gespielt und so kam es, dass gute 70 Kilo sich gemeinsam in Bewegung setzten. Mein Fehler war wohl, mich damals für eine Steinmauer entschieden zuhaben und nicht für eine aus Gummi 🤦 😂 .

Das Tattoo

🐱 Papa du bist so cool!

🐨 Ich muss gestehen, ich bin beeindruckt.

🐱 Jetzt kann jeder sehen was für ein braver Kerl ich bin.

🐨 Die sehen höchstens was für ein Holzkopf du bist!

🐱 Selber Holzkopf....

🐨 Ne guck dir das Tattoo nochmal genau an, dann siehst du, dass auch du frech guckst!

🐱 Nö mach ich gar nicht! ich guck nur was du da wieder im Schilde führst.

🐨 Sieht man doch! Ich bin auf dem besten Weg zu Weltherrschaft, ich bin ganz hervorragend getroffen! Jeder wird mich nun, mit dem mir gebührenden Respekt, behandeln.

🐱 Ja ne schon klar... Soll ich dir mal wieder eine auf die Zwölf geben?

🐨 Ne das tut immer weh.

🐱 Dann erzähl nicht so einen Quatsch!

🐨 Irgendwann bin ich größer und stärker als du, dann wirst du....

🐱 Ich höre! Was werde ich?

🐨 Das siehst du dann schon!

🧑 Jetzt ist aber gut, müsst ihr immer streiten!?

🐱 Max hat angefangen.

🐨 Ich streite nicht, ich richte....irgendwann, vielleicht!

🐱 Und solange hörst du gefälligst auf mich!

🧑 Ihr hört beide auf mich! Ich bin hier der Imperator und solange ihr in meinem Bett schlaft, tut ihr das was ich sage! Verstanden???

🐈 Ja Papa.

🐨 Meinetwegen.

🙂 Fein.

🐨 Irgendwann...

🙂 Was?

🐨 Och nix...alles gut.

🐈 Der Stinker kann es einfach nicht lassen…

Ich hab mir, als Brösel fast ein Jahr alt war ein Tattoo stechen lassen. Es sollte eine Herzkurve sein die seine Konturen hat, dies ging leider mehr als gründlich daneben. Drei Jahre hörte ich mir also von meinen Arbeitskollegen, die wildesten Theorien darüber an, was es darstellt. Vom Hähnchenschenkel bis hin zum Penis war alles dabei. Lange habe ich dann nach einem Studio gesucht, dass sehr gute Cover Ups macht. Ich stellte mich vor, wir besprachen alles und ich bekam eine Skizze. Genauso stellte ich mir das vor, Brösel als Engel mit Heiligenschein, der verschmitzt zu Max guckt und Max als Teufel mit Hörnern, der mehr als frech guckt.

Vom altem Tattoo sieht man nix mehr, die Kollegen erblassen vor Neid und ich trage nun meine beiden Liebsten unter der Haut.

Platsch

😀 Auf auf auf, wir fahren in den Garten!

🐱 Ach nö, ich penn doch gerade.

🐶 Du pennst immer oder hast Hunger!

😀 Na los Brösel steh auf, ich will dich bürsten und kämmen...

🐱 Auja, gute Idee. Vergiss mir aber nicht die Leckerli!

🐶 Ich will auch, ich will auch!

😀 Klar Max du auch, wobei bei dir lohnt sich das fast nicht.

🐶 Fetti... äh Papa das macht nix aber ich mag die Handschuhe so gern!

🐱 Ich auch!

😀 Wenn ihr dann schön sauber und gekämmt seid, wird danach nicht mehr gespielt.

🐶 Nur sauberes Spiel, schon verstanden... 🤮

🐱 Aber...

😀 Nix aber!

🐱 Manno...

🐶 Wenn ich erstmal die Weltherrschaft an mich gerissen habe, dann spielen wir was auch immer wir wollen!

😀 Dann bin ich wirklich beruhigt, dass das nie passiert. Solange ich da bin, bin ich der Chef!

🐱 Solange du Leckerli hast, bin ich da voll auf deiner Seite!

🐶 Ich brauch dringend einen neuen Verbündeten! Einer der nicht so verfressen ist...

😀 Jetzt geht's erstmal los...

🐶 Jawoll.

🐱 Okay.

Beide ausgiebig gebürstet, Max hat nix verloren und aus Brösel kann man gefühlt noch einen Welpen machen. Während ich die Noppenhandschuhe, Bürste und Furminator in die Hütte brachte, machte es draußen auch schon PLATSCH 🤦 ...

Lachs oder Finger

Weil die Runde so toll geklappt hat wollte ich den beiden mal was Tolles gönnen. Hab also kurz beim Aldi gehalten und etwas Stremellachs gekauft.

🐈 Lecker was riecht denn hier so gut?

🐶 Mjam, endlich mal was Vernünftiges...ich glaube Fetti hat Lachs gekauft.

🐈 Das wär ja mal was! Ich sag ja immer wieder, gib dir draußen Mühe, dann gibt es was tolles!

🐶 Ne ne nachher gewöhnt er sich noch dran.

🐈 Mir Latte! Du benimmst dich zukünftig, ich leide ja mit! Wenn du Scheiße baust, bekomm ich auch nix tolles obwohl ich brav war!

🐶 Bist ja auch dick genug.

🧑 Brösel du lässt dich ja auch von Max immer verführen, ihr benehmt euch beide nicht wirklich.

🐈 Jetzt vergleichst du wieder Äpfel mit Birnen!

🐶 Ich bin der Apfel!

🐈 Bist du nicht!

🧑 Schluss jetzt! Wollt ihr nun ein Stück Lachs oder nicht?

🐈 Ja!

🐶 Klar, her damit! Lecker Dankeschön.

🐈 Geil!

🧑 Brösel du gieriger Arschpenner das war mein Finger!

🐈 Das war Lachs!

🧑 Und mein Finger!

🐈 Jetzt übertreibt mal nicht...

😊 Guck dir das an! Ich blute, da fehlt Haut!

🐈 War trotzdem lecker...

💀 Höhö das ist und bleibt ein Gierlappen!

😊 Das war vorerst das letzte Mal. Unverschämtheit! Ihr könnt euch erstmal wieder ne Zeit benehmen....

Brösels Trauma

👦 Los hopp aufgestanden, es geht zum Tierarzt.

🐱 Warum denn das schon wieder?

👦 Na wegen deiner Ohren, wir müssen gucken ob du wieder planschen darfst.

🐶 Kann Frau Doktor dann auch gleich mal gucken ob da noch Hirn vorhanden ist?

🐱 Ich guck dir auch gleich was!

👦 Warum soll sie danach schauen?

🐶 Na weil er immer nur ans Essen denkt! Vielleicht ist sein Hirn durch einen Kühlschrank ersetzt worden...

🐱 Ich ersetz dir auch gleich etwas!

🐶 Du bekommst mich eh nicht.

🐱 Na warte!

👦 Aufhören! Max, der Brösel isst halt gerne.

🐶 Sieht man, bei dir übrigens auch!

👦 Werd nicht frech!

🐱 Lass mich das klären!

👦 Nein, wir fahren jetzt erstmal los.

🐺 Hallo ihr beiden!

🐱 Moin Frau Doktor.

🐶 Huhu.

🐨 Hey hey die Holzköpfe sind da!

🐱 Hallöchen!

🐶 Na kleines...

🧑 Moin zusammen!

👩 Geht's Brösel besser? War er im Wasser?

🧑 Ich denke die Ohren sind ok, im Wasser war er die letzten zwei Wochen nicht.

👩 Na dann gucken wir mal in die Öhrchen!

🐶 Guck auch gleich nach dem Hirn!

🐱 Hörst du jetzt auf damit!

👩 Max warum soll ich nach dem Hirn gucken?

🐶 Weil der Brösel nur ans Essen denkt!

🐱 Erstens denk ich nicht nur ans essen und zweitens hat Frau Doktor neulich noch gesagt ich sei prächtig bemuskelt!

👩 Na ein bisschen hast du schon zugenommen, zwei bis drei Kilo weniger wären sicher nicht schlecht!

🐱 Dein ernst?

🐶 Höhö sag ich doch, Fetti 2 😂 ....

🧑 Maximilian!

🐨 Ganz schön frech der Kleine!

🧑 Ist Brösel wirklich zu dick?

👩 Also er wird nie so schlank wie Max, dafür ist er viel zu kräftig gebaut. Ich würde sagen zehn Prozent weniger Futter bis die Kilos runter sind tut ihm ganz gut!

🐱 Nein 😭 , ich werde verhungern!

🐶 Höhö hast ja noch Reserven.

👩 Das wird dir schon nicht schaden.

🐨 Na auf den Schock bekommst du erstmal ein Würstchen und Max natürlich auch.

🧑 Na da freu ich mich schon auf viele Diskussionen, bis zum

nächsten Mal!

🐕 Ciao, bis demnächst.

🐩 Tschüss.

🐶 Tschüss!

🐈 Ja tschüss ☹️ …

Das war eine echt langwierige Ohrenentzündung, Brösel bekam zwei Wochen Antibiotika und durfte nicht schwimmen. Dies wirkte sich natürlich auch auf sein Gewicht aus, weniger Bewegung und gleiche Futtermenge war keine gute Kombination.

Da Brösel aber „gebarft" wird, konnte ich ganz gut reagieren, ich habe seine Wochenportion für die nächsten vier Wochen einfach auf acht Tage statt auf sieben Tage verteilt.

Natürlich ist das Brösel sofort aufgefallen, aber mit ganz vielen „Luftleckerli" und gutem Zureden haben wir auch das überstanden.

Max mag Barf übrigens nicht und bekommt deshalb hochwertiges Dosenfutter. Manchmal wünscht er sich dann aber doch Abwechslung, hier mal ein Burger und dort mal ein Stück Fisch.

Streichen

🐈 Du Papa magst du nicht mal wieder das Wohnzimmer streichen?

👨 Äh nein, hab ich erst vor einem Jahr!

🐈 Aber die Wand an unseren Platz ist ganz schmutzig.

👨 Woran das wohl liegt!?

🐶 Jedenfalls nicht an uns!

👨 Natürlich! Wer sonst?

🐈 Können wir einen Kompromiss schließen?

👨 Ich streiche nicht das Wohnzimmer! Auf keinen Fall!!!

🐈 Aber findest du es nicht auch hässlich?

👨 Ja aber streich ich es weiß, sieht es nach einer Woche wieder Scheiße aus!

🐶 Dann nimm doch was Buntes.

🐈 Ja was blaues!

🐶 Gute Idee!

👨 Ich hab aber keine Lust, ich hab frei!

🐈 Bitte!

🐶 Ja Bitte!

👨 Ihr seid aufdringlicher als Scheißhausfliegen! Gut ich schaue was für Farben noch da sind und ob diese noch gut sind. Ich kaufe nix neues!

🐈 Fein.

🐶 Los geh gucken!

🐈 Nun schau doch mal!

👨 Hört zu es ist noch Blau, Orange, Grau und Lila da.

🐈 Blau 😍 !

🐼 Ja eine richtige Jungen Farbe 🧖 !

👦 Ok überredet ihr Nervensägen!

Knusperthunfischstangen

2 Eier Gr. M
150g Buchweizenmehl
150g kernige Haferflocken
2 Dosen Thunfisch in eigenen Saft
Ca. 60g Wasser

Alle Zutaten zusammen rühren, Wasser nach Bedarf zugeben. Die Masse sollte ungefähr so fest wie Kartoffelbrei sein.

Auf ein Backblech streichen und bei 190 Grad Ober- und Unterhitze backen bis es anfängt hellbraun zu werden.

Stürzen, Backpapier abziehen, das Gebäck drehen und mit dem Pizzamesser zuerst halbieren und dann in ca. Zwei cm breite Streifen schneiden.

Zum Trocknen dann für ungefähr fünf Stunden bei 70 Grad in den Dörrautomaten.

Oder auf ein Gitter und bei angelehnter Backofentür bei ca. 70 Grad für ungefähr sieben Stunden im Ofen trocknen.

Gutes Gelingen 😊

Verarscht

Man war das eine "letzte Runde"...
Waren auf dem Feldweg unterwegs. Satans Liebling war mehr mit
schnüffeln und pissen beschäftigt, Häufchen machen kostet zu viel
Zeit 🧑.

Anschliessend ging es dann noch in den Garten. Toben war angesagt.
Gerade als Max richtig aufdrehte und rannte was das Zeug hielt,
passierte es. Er ist über Brösel gesprungen, kurz aufgekommen und
sofort weiter gesprungen. Der letzte Sprung ging leider daneben. Max
ist mit der Pfote an der Mauer hängen geblieben, es krachte, er schrie
und jammerte, wälzte sich vor Schmerzen auf dem Boden. Schnell
hin, Pfote untersucht und wieder schreien 😭*. In die Hütte gerannt,*
Decke geholt, Max unter Jammern zum Auto getragen. Brösel ist Gott
sei dank brav hinterher gelaufen. Im Auto Frau Doktor angerufen (aus
dem Bett geklingelt 🙈 *), ihr alles geschildert, sie sagte ich soll mich*
auf dem Weg machen (war ich natürlich schon).
An der Praxis angekommen, Max aus dem Auto getragen, der arme
Brösel musste ausnahmsweise warten, weil keine Leinen dabei (vor
Schreck alles liegen gelassen).
Frau Doktor macht die Tür auf, ich setzte Max auf Anweisung
vorsichtig ab.
Könnt ihr euch vorstellen was dann passierte? Nein, bestimmt nicht!!!

👧 Hallo Max! Wo tut es dir denn weh?

🐶 Na kleines wie geht's dir? Mir tut nix weh, keine Ahnung warum
der Dicke so ne Welle macht?!

🧒 Max du hast gerade geschrien und gejammert! Ich dachte du
stirbst gleich!!!!

🐶 Hättest du wohl gern! Ne ne, ich muss doch die Weltherrschaft an
mich reißen!

🐨 Max ich guck trotzdem mal.

🐼 Klar, mach ruhig gründlich. Ich werd gern überall angefasst!

🐨 Mmmm ich hab ihn jetzt sehr gründlich untersucht, Max zeigt keine Auffälligkeiten, kann aber auch am Adrenalin liegen. Wir warten erstmal ab.

🧒 Ok, was bin ich schuldig?

🐨 Ich hab keinen PC hochgefahren, wir können das gerne die Tage machen.

🧒 Dann komme ich morgen vorbei!

🐨 Gerne! Wenn Max doch noch auffällig wird, einfach melden.

🐼 Ich würde gerne melden, dass ich mal kacken muss und Hunger hab!

🧒 Max benimm dich!

🐨 Dann bis morgen!

🧒 Dankeschön, bis morgen!

🐼 Oh Hallo wer bist du denn?

🐨 Du bist aber groß 😍 .

🐼 Wir sind gleich groß, wollen wir spielen?

🐨 Du magst mich wohl...

🐼 Ich liebe Kinder 😍 !

🐨 Du sollst doch schlafen!

🐨 Aber Mama....

🐨 So nun ist hier aber Ende!

🐼 Schade.

🐨 Manno.

🧒 Gute Nacht!!!

Mückenalarm

🐼 Hey Fetti aufstehen, es ist schon 4:30Uhr!

😊 Ja und?

🐱 Schnauze!

🐼 Los jetzt! Wir wollten doch mit dem ersten Schiff zur Herreninsel fahren!!!!

😊 Ja aber der Wecker klingelt erst um fünf!!!

🐼 Egal, ich will los! Ich bin schon ganz neugierig meine königlichen Wurzeln kennen zu lernen!!!

😊 Deine was?

🐼 Königliche Wurzeln!

🐱 Ich geb dir gleich königlich auf die Fresse! Schlaf!!!

👧 Habt ihr mal auf die Uhr geschaut? Müsst ihr jetzt schon diskutieren?

🐼 Los jetzt!

😊 Wie kommst du überhaupt auf königliche Wurzeln?

🐼 Na du heißt doch Ludwig, dein Vater kommt aus Bayern und das Königsschloss ist doch auch vom Ludwig. Folglich schließe ich darauf das du blaues Blut hast und somit ja auch quasi ich… du weißt schon Ziehsohn…

🐱 Donnerwetter, der Max hat Recht, dann bin ich ja quasi auch königlich!!!

😊 Ihr seid Quatschköpfe...

👧 Man man man, ihr seid nervig. Ich geh duschen und dann können wir meinetwegen los.

🐼 Sag ich doch.

🐈 Solange kann ich ja noch pennen!

🧑 Ich geh erstmal eine rauchen und dann geh ich auch duschen!

🐕 Könnt ihr da drüben endlich mal die Fresse halten!

🐼 Charly ist auch wach!

🐕 Scheiße, hätte ich bloß nix gesagt…

Am Chiemsee

🐼 Guckt mal das Schiff heißt wie ich!!!!

🐈 Toll...

🐕 Ich hab Hunger.

🧑 Los kommt, es geht gleich los!

👧 Ja doch...

🐕 Alte ich geh da nicht drauf!

👧 Na komm schon...

🐕 Nein!

🐼 Höhö...Angsthase! Hopp ich bin auch schon drauf!

🐈 Los Alter, ist voll easy!

🐕 Nein!

👧 Dann trag ich dich halt…

🐕 Wenn es sein muss...

🧑 Na guckt mal wir sind schon drüben, waren doch nur zehn Minuten Fahrt.

🐼 Attacke!

🐈 Erstmal kacken....

🐕 Gute Idee!

🐼 Ich auch und dann los!

👧 Hier sind aber viele Mücken.

🧑 Dann musst du schneller gehen!

👧 Boah echt fies die Viecher!

🐼 Da ist das Schloss! Könnt ihr es auch schon sehen?

🐱 Man macht der nen Stress...

🐺 Scheissdreck mir hat ne Mücke auf die Nase gestochen!

🐼 Mich stechen sie auch, hör auf zu meckern!

🐱 Vermückt und zugestochen sind das nervige Viecher!!!

👧 Au, mir hat eine durch die Hose in den Po gestochen!!!

🧑 Na hoffentlich schwillt das nicht noch mehr an...

👧 Was meinst du damit???

🐼 😂...

🧑 Ääääh...

👧 Sag schon!

🐼 Ich weiß es!

🧑 Egal, lass uns weiter gehen.

👧 Was meinst du damit!?!?

🐱 Oha...das gibt ärger!

👧 Sag!

🧑 Naja wenn der Arsch nun anschwillt, passt er nicht mehr ins Auto oder auf ein Foto.

🐱 Oh oh...

🐼 Der war gut... 😂

🐺 Höhö....

👧 Du Arschpenner! Wolltest du mir gerade sagen, ich hätte nen dicken Po?

🧒 Naja, also wenn die Mücke alles richtig gemacht hat, könnte es durchaus sein, dass wir auf dem Rückweg für dich doppelt zahlen.

👩 Wolltest du die Woche noch Sex haben?

🧒 Klar!

👩 Vergiss es!

🐼 Hört auf zu streiten, wir sind da! Fotos!

🐺 Nervensäge...

👩 Ob ich da noch drauf passe...?

🐕 Papa, sei lieber ruhig und schluck runter was auch immer du sagen willst!

🐼 Genau, sonst platzt ihr gleich der Arsch...

🧒 Der war gut.. 😂

🐺 Nicht schlecht.

🐈 Schlagfertig ist der Max ja.

🐼 Ich bin halt das Beste, was euch passieren konnte!

👩 Arschpenner!

Das letzte Mal als ich so viele Mücken sah, war ich in Finnland. Die Viecher haben uns echt zugesetzt, aber es hat sich gelohnt. Dadurch das wir das erste Schiff genommen haben, war weit und breit kein Tourist und wir konnten in ruhe Fotos machen und Max erklären, dass er nicht von Königlichen Blut ist.

Gemüsekekse/ Lachskekse

3 Eier Gr. M
Gemüse nach Saison(hier 1Süßkartoffel, 2 Karotten, Fenchel und Sellerie)
2 Teelöffel Kokosöl
Ca 220 g Buchweizenmehl
1 Handvoll Buchweizengrütze
Ggf. etwas Wasser

Eier schaumig schlagen. Gemüse leicht kochen, nur so, dass der Pürierstab seine Arbeit verrichten kann (darf ruhig etwas stückig sein). Ins Gemüse das Kokosöl geben und alles mit einen Löffel bearbeiten bis es Zimmertemperatur hat (evtl. ein Tag vorher kochen).

Das Gemüse zum Ei geben, langsam die Grütze und das Mehl unterheben und dann noch einmal kurz aufschlagen.

Dann nehmt ihr die Hälfte und streicht es auf ein Blech mit Backpapier (ich feuchte das Blech an damit das Papier nicht rutscht). Das Blech in den vorgeheizten Backofen bei 200 Grad Ober- und Unterhitze für etwa zehn Minuten, danach die steife Masse mit einen Pizzaschneider in mundgerechte Happen einteilen und für weiter zehn Minuten in den Ofen.

Die andere Hälfte der Masse kann man toll mit Lachsforelle verfeinern, einfach fein hacken und unterheben. Backen wie oben beschrieben.

Zur besseren Haltbarkeit trockne ich sie dann zusätzlich im Dörrautomaten, je nach Sorte bei 70 Grad für mindestens fünf Stunden.

Hundeschule

👦 Holzköpfe aufgepasst, ich hab eine für euch lebensveränderliche Mitteilung!

🐱 Oha, das hört sich nicht gut an...

🐶 Alter mach es nicht so spannend!

👦 Erinnert ihr euch noch an unseren letzten Tripp nach Flensburg?

🐱 Das ist doch da, wo ich gegen die Zimmerpflanzen gepinkelt hab oder?

🐶 Da wo ich beim ersten Besuch den Flur auseinander genommen habe?

👦 Ganz genau. Letztes Mal habt ihr euch aber auch noch anderweitig dumm benommen! Ich sag nur schmerzender Knöchel und Knie!

🐶 Haha stimmt der Holzkopf hat ja so gezogen, dass du dich auf die Fresse gelegt hast 😂 !

🐱 Der Stinker war auch nicht besser! Ich weiß noch genau, er hat auch gezogen und deine Ex-Schwiegertante ist auch gestürzt.

👦 Fein ihr erinnert euch. Das war ein schwarzer Tag und seit dem haben wir das ein oder andere probiert.

🐶 Jo und wie du siehst erfolglos, bin ja nicht umsonst Satans Liebling!

🐱 Naja es ist ja nicht so, dass wir nicht wollen. Du bist halt nicht die hellste Kerze auf der Torte und hast es nicht so mit erklären...

👦 Für dich leuchte ich noch hell genug mein Freund! Also so was Unverschämtes...

🐶 Kommst du jetzt endlich zum Punkt? Du holst immer ewig weit aus...

👦 Max, Klappe halten und zuhören! Ich muss ja leider immer so viel reden weil ihr es sonst nicht kapiert!

🐈 Aber so viel wie du plapperst, vergisst man wieder die Hälfte! Ich weiß am Ende immer nicht, was du am Anfang gesagt hast.

👦 So und ich bin nicht die hellste Kerze auf der Torte? Denk mal darüber nach, möglicherweise sind bei dir und auch bei Max, die Synapsen nicht richtig geschaltet!

🐶 Mach hin jetzt, ich will wieder spielen gehen.

🐈 Jetzt sag doch endlich!

👦 Also ich habe heute Post bekommen. Regina hat geschrieben und einen Gutschein für die Hundeschule mit beigelegt!

🐈 Nein! Ich will nicht!

🐶 Was ist Hundeschule?

👦 Da wird euch beigebracht, wie ihr zukünftig brav seid!

🐈 Ich will da nicht hin! Die anderen nerven wieder, alles Streber!

🐶 Du meinst das bringt was? Wir werden dich bestimmt blamieren!

👦 Das macht ihr täglich, das kenn Ich schon. Brösel du könntest auch ein Streber sein, du musst nur wollen!

🐈 Aber die sind alle viel schlauer als wir!

👦 Merks du was? Bist wohl auch nicht so ganz helle 🤣 ...

🐶 Ich bin schlau, ich kann Sachen klauen ohne das du was merkst.

👦 Stimmt und genau deswegen kommst du auch mit zur Schule. Du wirst lernen, dass dies nicht geht und du warten musst.

🐼 Dann verhungere ich...

👦 So schnell verhungert man nicht. Wenn du brav lernst gibt es auch nach jeder Übung ein Leckerli!

🐶 Ich bin dabei!

👦 Brösel und du?

🐈 Aber nur wenn's Würstchen gibt!

👦 Meinetwegen, wenn du ordentlich mit machst und das Gelernte dann umsetzt, gibt es auch Würstchen.

🐈 Ich denk drüber nach...

👦 Du weist sicher noch was neulich passiert ist, als du dich wie die Axt im Walde benommen hast!?

🐈 Ja war doof...

👦 Siehst du!

🐈 Ja ist gut ich bin auch dabei.

Käsebrötchen

🐈 Papa isst du da etwa ein Käsebrötchen?

🐼 Käse? Hab ich gerade Käse gehört? Hey Alter, lass mal was rüber rücken!

😀 Max so läuft das hier nicht! Du darfst lieb fragen und dann ganz vielleicht bekommst du was ab.

🐈 Und ich?

😀 Du musst natürlich auch lieb fragen, am Besten zeigst du das dem kleinen Max mal.

Und schwupp ist er über die Tür gesprungen, man muss wissen, dass es an der Gartenhütte einen Vorbau gibt, welcher mit besagter Tür „gesichert" ist.

😀 Du Holzkopf! Nein Nein Nein so geht das nicht.

🐈 Aber ich hab Hunger!

🐼 Ich auch! Hört auf mit dem Eiertanz, Brösel mach was der Typ sagt und gut ist!

😀 Max du Stinker, du machst auch was ich sage! Also ihr zwei Hübschen, ihr macht beide Platz und das am Besten sofort, weil sonst ist das Brötchen alle 😊 .

🐈 Guck mal wie schön ich hier liege!

🐼 Streber!

😀 Max Platz!

🐼 Ihr Spießer, na gut! Besser so?

😀 Prima Max!

🐈 Mach hin ich verhungere sonst...

🧑 So schnell verhungert keiner!

Ein Hut für echte Jungs

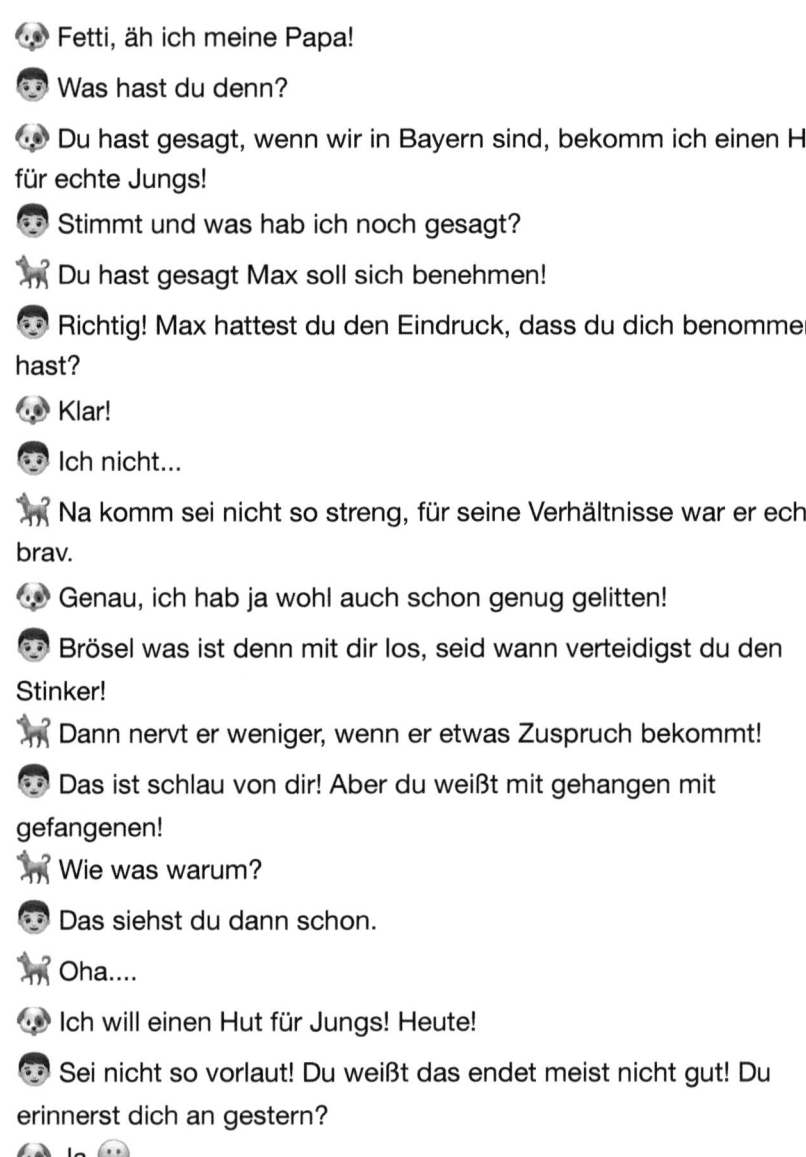

🐶 Fetti, äh ich meine Papa!

🧑 Was hast du denn?

🐶 Du hast gesagt, wenn wir in Bayern sind, bekomm ich einen Hut für echte Jungs!

🧑 Stimmt und was hab ich noch gesagt?

🐱 Du hast gesagt Max soll sich benehmen!

🧑 Richtig! Max hattest du den Eindruck, dass du dich benommen hast?

🐶 Klar!

🧑 Ich nicht...

🐱 Na komm sei nicht so streng, für seine Verhältnisse war er echt brav.

🐶 Genau, ich hab ja wohl auch schon genug gelitten!

🧑 Brösel was ist denn mit dir los, seid wann verteidigst du den Stinker!

🐱 Dann nervt er weniger, wenn er etwas Zuspruch bekommt!

🧑 Das ist schlau von dir! Aber du weißt mit gehangen mit gefangenen!

🐱 Wie was warum?

🧑 Das siehst du dann schon.

🐱 Oha....

🐶 Ich will einen Hut für Jungs! Heute!

🧑 Sei nicht so vorlaut! Du weißt das endet meist nicht gut! Du erinnerst dich an gestern?

🐶 Ja 🙁 ...

🧒 Also!

🐶 Aber die Ziegen haben mich so blöd angemeckert!

🧒 Kein Grund mich bergabwärts zuziehen!

🐱 Höhö 😂 das macht der Max auch bestimmt nie wieder!

🧒 Wenn Max schlau ist nicht...

🐶 Arschpenner! Beide! Ich hab mich voll erschrocken, kann ja keiner ahnen das auf dem Zaun Strom ist!

🧒 Was glaubst du, warum ich schreie und versuche deinen Lauf zu bremsen!?

🐶 Ja doch passiert mir garantiert nicht wieder!

🧒 Hoffentlich!

🐱 Ich wette fünf Kekse dagegen 😂 ...

🐶 Halt die Fresse! Bekomm ich nun einen Hut?

🧒 Natürlich und Brösel auch 😃 ...

🐱 Aber...

🐶 Höhö!

Und die Moral von der Geschicht, gegen Strömzäune rennt man nicht.

Die Holzköpfe wurden, wie es sich für Preußen, in Bayern gehört mit echten Seppelhüten ausgestattet.
Der Hutverkäufer hat etwas reserviert geguckt, war aber dann begeistert dabei, er ist sogar extra für Brösel ins Lager gegangen und hat den Hut eine Nummer größer geholt.
Ich glaube Max hat sich wirklich über seinen Hut gefreut, Brösel fand es eher uncool, da er ja schon einen tollen Hut hat. Aber mit gehangen, mit gefangen. Wir haben im Anschluß ans Hüte kaufen, vor wunderschöner Kulisse ein tolles Shooting gemacht. Hier regnete es natürlich Leckerli ohne Ende.

Mein Seelenhund

Wie Brösel in mein Leben kam

Mein lieber Brösel!

Wir kennen uns etwas über drei Jahre, drei Jahre voller Höhen und Tiefen. Du kamst in mein Leben, als ich dich am nötigsten brauchte, ich stand am Abgrund und wusste nicht mehr weiter.

Einige Wochen zuvor sah ich eine Dokumentation über Helmut Schmidt, ein großartiger Mensch. Der Reporter fragte ihn was das Wichtigste im Leben ist. Er zog an seiner Zigarette und sagte langsam und eindringlich: "Das wichtigste im Leben? Das wichtigste im Leben ist, sich Aufgaben zu suchen. Aufgaben zu verstehen und die verstandenen Aufgaben bestmöglich zu erfüllen."

Lange dachte ich über diesen Satz nach! Ich hatte keine Aufgabe. Klar ich ging arbeiten und funktionierte, wenn auch nicht gut aber eine Aufgabe, die mich erfüllte, fehlte.

Der Wunsch nach einem Hund stieg wieder in mir auf, aber konnte ich einem Hund gerecht werden!? Ich habe es mir nicht leicht gemacht, wenn ich mich für einen Hund entscheide, muss ich mir sicher sein, dass ich diese Aufgabe erfüllen kann. Eines abends vor drei Jahren sah ich dich im Internet, du warst schon fast fünf Monate alt und suchtest wieder ein Zuhause. Ein für immer Zuhause! Die Familie bei der du warst, war überfordert, denn du hast nicht funktioniert und brauchtest viel Aufmerksamkeit. Du wurdest zum Züchter zurück gebracht, weil angeblich eine Allergie vorlag.

Ich sah dich, ich sah die Adresse, Telefonnummer und saß schon im Auto. Ich habe dich von der ersten Sekunde, in der ich dich sah, geliebt! Ich bin schon viele Kilometer gefahren, als mir bewusst wurde, dass ich überhaupt nicht gefragt habe, ob ich vorbei kommen darf und ob du überhaupt noch da bist. Dies holte ich sofort nach und die doch sehr verwunderte Frau sagte ich darf zu so später Stunde noch kommen, sie sei eh bis 23 Uhr wach. Ich war irgendwann kurz vor 22 Uhr da.

Wir unterhielten uns und du wichst mir nicht von der Seite. Du wolltest spielen und mir zeigen, was für ein großartiger Kerl du bist. Ich durfte dich sogar gleich mitnehmen. Was du mir verschwiegen hast, du hattest viele Ängste. Leine doof, Geschirr doof, Wald unheimlich, Wasser doof, Wiese doof, Handtücher doof, Kuscheln doof… du hattest eine Vielzahl an Baustellen. Wir beide sind so manches mal an unsere Grenzen geraten, doch jede in dich investierte Sekunde hat sich gelohnt.

Mit nur acht Monaten hattest du eine Vergiftung und ich hatte solche Angst ich würde dich verlieren, doch du hast gekämpft und bist innerhalb von 48 Stunden der Alte gewesen. Ich war nie froher!

Du hast bald erkannt, dass du hier nicht funktionieren musst, du durftest Hund sein. Klar gibt es Regeln und auf deine unheimlich charmante Art dehnst du diese ausgiebig aber wir kommen klar. Wir können uns lesen und ein jeder von uns verlässt sich auf den anderen.

Es dauerte lange bis du bereit warst zu kuscheln und es dauerte noch fast zwei Jahre, bis du nicht vor einen Handtuch zurück geschreckt bist aber auch das haben wir zwei geschafft.

Du hast so viel Unfug gemacht, ich werde nie vergessen was du für eine Wasserparty gemacht hast, als ich arbeiten war. Du hast tatsächlich herausgefunden wie man Wasser in die Wanne lässt und es da auch drin bleibt. Das Wasser lief vermutlich über viele Stunden und die Wohnung sah aus wie ein Schwimmbad aber du warst glücklich. Du hast mich wie immer freudig begrüßt und ich war das erste Mal in meinem Leben sprachlos.

Du mein lieber Brösel hast aus mir einen besseren Menschen gemacht, du warst dabei als mein Vater starb und du hast mir immer Mut zugesprochen.

Ich weiß nicht ob ich meine "Aufgabe" immer bestmöglich erfülle, aber ich verspreche dir, dass ich es jeden Tag versuche.

Manchmal kommst du etwas zu kurz, weil der Max etwas mehr Aufmerksamkeit braucht, ich versichere dir aber ich mache zwischen euch keinen Unterschied.

Der einzige Unterschied den es zwischen euch gibt, ist der, dass du mir mein Leben gerettet hast und ich dir dafür bis in alle Ewigkeit dankbar bin.

Brösel du bist mein Seelenhund, ohne dich wäre ich verloren. Du findest immer die passenden "Worte", du gibst mir jeden Tag Kraft. Mit dir habe ich wieder ein Zuhause gefunden, denn Zuhause ist dort wo man sich wohl und verstanden fühlt.

Ich danke dir von ganzem Herzen das du mir dein Vertrauen geschenkt hast.

Ich liebe dich.

Sachen gepackt

🐕 Papa wir haben unsere Sachen für den Urlaub gepackt.

🐼 Ich mag mein Entchen! Allerdings müssen wir echt nochmal über den Hut reden. Bist du dir sicher, dass der für Jungs ist?

🐺 Aber nicht, dass ich nun auch Holzkopf gerufen werde!

🐈 Wo geht's nochmal hin?

🐼 Kannste dir gar nix merken? Nach Bayern!

🐺 Höhö da gibt es Schweine Haxe 🐷 😍 ...

🐈 Papa sagt aber das ist nicht gut für Hunde!

🐼 Fetti sagt viel, wenn der Tag lang ist.

🐺 Ich darf das! Mutti klärt das für mich!

🐈 Papa ich will auch! Wenn wir schon zu den Bayern fahren, dann will ich auch ne Haxe!

🐼 Du bist dick genug!

🐈 Bin ich gar nicht!

🐺 Ihr bekommt eh nix!

👦 Könnt ihr mal den Sabbel halten?!

👩 Jetzt lass sie doch, die drei freuen sich halt.

👦 Man man man ihr vier seid heute aber besonders nervig! Ich will einfach nur entspannen!

👩 Nur am meckern!

👦 Ganz dünnes Eis...

🐈 Eis? Wo?

🐼 Mmmm lecker!

🐺 Nehm ich!

👧 Ich auch! Bitte Erdbeere, Vanille und Schokolade!

👦 Ihr vier nervt! Ob ich es einmal erlebe, dass keiner motzt, kommandiert oder klugscheißt?

Treffen mit Sarah und Ben

🐈 Hey was geht ab? Was machen wir heute?

🐼 Ständig willst du was machen... du hast doch mich! Spiel lieber mit mir!!!

🐈 Du nervst...

🧑 Es ist sechs Uhr morgens, könnt ihr nicht einmal die Schnauze halten?!

🐈 Mir ist langweilig!

🐼 Ich muss mal Pipi.

👩 Ich mach doch gar nichts!

🧑 Ich meine die Hunde...

👩 Aha. Ich will bitte einen Kaffee!

🐈 Ich hab Hunger!

🐼 Ich muss immer noch Pipi!

🐕 Schnauze da drüben! Habt ihr mal auf den Tacho geschaut!?

🧑 Charly hat Recht!

👩 Durst...

🐈 Hunger...

🐼 Pipi...

🧑 Ja doch!

🐕 Ruhe!

🧑 So mir reicht's, hört zu! Brösel wir fahren nachher Sarah und Hund Ben besuchen, Max wir gehen gleich, Janet ich springe sofort und Charly hört auf zu meckern!

🐼 Toll.

🐈 Muss ich nett zu diesem Ben sein?

👧 Super!

🐕 Dann seid leise!

👦 Natürlich Brösel!

🐈 Na gut, solange er mich nicht doof anguckt.

🐼 Spielt Ben mit mir?

👦 Bestimmt!

👧 Hüstel hüstel...Kaffee?

🐕 Ich bleib hier!

👦 Ihr nervt!

Einige Stunden später...

🐼 Ich muss schon wieder!

🐈 Wann sind wir da?

👧 Verdammt ich hab hier keinen Empfang!

👦 Und mir faulen bald die Ohren ab..

👧 Was sagst du?

👦 Nix! Nur das wir bald da sind...

🐈 Boah ey ein Fluss!!!! Papa fahren wie da hin?

👦 Ja.

🐼 Wird auch Zeit ich muss Pipi!

👦 Ja doch...

👧 Ich muss auch mal...

👦 Was habe ich bloß verbrochen?

👧 Was meinst du damit?

👦 Nix...so da sind wir! Gucke Sahra ist auch schon da!

👧 Hallo!

👧 Hallo, sorry ich muss Pipi...

🐱 Wasser Wasser Wasser ich muss dahin!

🐶 Wo ist Ben? Ich muss Hallo sagen und Pipi...

👦 Hi!

👧 Wie wollen wir das machen?

👦 Ich geh mit den Holzköpfen erstmal an dein Auto, Ben ist ja in der Box und dann gucken wir...

👧 Ok!

🐱 Hey was guckst du?

🐶 Hallo ich bin der Max!

🐱 Hallo Holzköpfe!

🐱 Papa der ist doof, der sagt Holzköpfe!

👦 Hast du dich ordentlich vorgestellt?

🐱 Nein, ich will ins Wasser!

🐶 Ich will mit Ben spielen und ins Wasser!

🐱 Ich will meine Ruhe!

👦 Na dann sind wir uns ja einig...Janet passt auf Brösel auf, der darf planschen, Max, Ben, Sarah und ich gehen hoch zur Wiese...

🐶 Wiese? Wo? Ich lauf vor!!!

🐱 Ich komm mit.

👦 Max Stopp....aua! Verfickte Scheissdreckpisse! Maximilian!

👧 Äh hast du dir weg getan?

👦 Nein...ich hol Max!

👧 Sah aber spektakulär aus 😂.

👦 Ich lache später darüber, aua.

👧 Alles gut? Dein Flug sah ja krass aus!

👦 Haha...

👧 Ich würde ja gerne brüllen vor Lachen....

👦 Das war jetzt das vierte Mal! Scheiß Schleppleine....

👧 Das gibt bestimmt blaue Flecken....

👦 Garantiert...Maximilian hier her!

🐶 Was ist denn? Haste Red Bull getrunken und festgestellt, er verleiht keine Flügel?

👦 Ich verleihe dir auch gleich was! Du benimmst dich jetzt und spielst anständig mit dem Ben!

🐶 Ja ja schon klar...

Noch etwas später, bei Kaffee und Kuchen...

👩 Blablabla...

👩 Schnatter schnatter...

👩 Blablablupp

👧 Blablaschnatter

👦 Mir platzt gleich der Schädel!

👩 Blabla....

👧 Plimplimblaaaa

👦 Holzkopf hier ist was los!

🐕 Jeb...Weiber!

👧 Oooooh wie niedlich Brösel hört ja auf Holzkopf!

👩 So wird er ja auch immer gerufen 🐕 .

👧 Total cool! Ich dachte ja immer, du übertreibst in deinen

Geschichten, nun weiß ich aber es ist war 😂.

😃 Sag ich doch!

Fleischküchlein

3 Eier Gr. M
350g Buchweizenmehl
100g kernige Haferflocken
400g Trainingswurst oder Rindermett, alternativ eine Dose Futter
2 Hände voll gekochte Nudeln
Ca. 100g Wasser

Alle Zutaten zusammen rühren, Wasser nach Bedarf zugeben. Die Masse sollte ungefähr so fest wie Kartoffelbrei sein.

In Silikonförmchen füllen, je ein Esslöffel pro Form. Bei etwa 190 Grad für ungefähr 30 Minuten backen.

Wenn die Küchlein gut aus der Form purzeln sind sie fertig, Ggf. noch fünf Minuten im Ofen lassen.

Zum Trocknen dann für ungefähr sieben Stunden bei 70 Grad in den Dörrautomaten.

Oder auf ein Gitter und bei angelehnter Backofentür, etwa 70 Grad für ungefähr acht Stunden im Ofen trocknen.

Gutes Gelingen!

Max nach seiner Augen-OP

👩 Guten Morgen ihr Holzköpfe!

👨 zᶻᶻᶻᶻᶻᶻ

🐈 Guten Morgen 😍 !

🐶 Alte, haste mal auf den Tacho geguckt?

🧑 Habt ihr ne Macke? Ruhe alle drei!

👩 Höhö, Brösel sag dem Papa mal guten Morgen.

🐈 Oki Doki! Papa aufstehen 😘 .

👨 zᶻᶻᶻᶻᶻᶻ

🐶 Oh man diese Fröhlichkeit am frühen Morgen ist echt zum Kotzen. Will irgendwer wissen wie es mir geht?

👨 zᶻᶻᶻᶻᶻᶻ

👩 Klar, Max erzähl mal.

🐈 Langweilig.

🐶 Warte ich muss mich mal Strecken...

🧑 Aua! Hey was stimmt nicht mit dir? Verdammt Max das tat weh!!!!

🐶 Willkommen im Club! Arschpenner mir tun die Augen weh und dir die Eier. Würde sagen wir sind quitt!

👩 Alles ok?

🐈 Höhö das ist echt besser als Kino.

🧑 Guten Morgen, ja alles ok. Ich geh mal fix Kaffee holen und danach berichtet einer nach dem anderen wie er geschlafen hat.

🐶 Dann gib Gas!

👩 Gute Idee!

🐈 Bringst du ein Leckerli mit?

😀 Hier ein Keks für euch und für dich Kaffee. Erzählt!

👩 Danke. Also…

🐈 Ich will anfangen!

🐶 Nein ich!

😀 Einer nach dem anderen... Max fängt an!

🐶 Wird auch Zeit das ich mal zu Wort komme! Kann dieser blöde Kragen nun endlich weg? Ich bin topfit!

😀 Nein der bleibt! Dir geht's also gut, fein das freut mich. Wer möchte nun?

🐈 Ich! Also mir geht's gut, habe gut geschlafen und würde gerne etwas essen.

😀 Super. Wir gehen erst raus, dann gibt es Frühstück. Und wie hast du geschlafen?

👩 Gut. Ich hatte zwar etwas wenig Platz aber Hauptsache die Holzköpfe haben es bequem. Wie hast du geschlafen?

😀 Geht so...

👩 Also wie immer. Oha ich muss los....

😀 Wir bleiben noch etwas liegen.

👩 War klar!

Wenig später…

😀 Kommt wir gehen raus!

🐈 Auja!

🐶 Du musst mich aber die Treppen runter und hoch tragen!

😀 Weil?

🐶 Du ruhig mal Sport machen kannst und ich durch den Kragen behindert bin!

🐈 Nicht nur durch den Kragen...

🐼 Wenn ich erstmal die Weltherrschaft an mich gerissen habe, werdet ihr beide schon sehen, was ihr davon habt!

👦 Komm ich trag dich erstmal runter und dann geht's in den Garten. Heute bitte nicht toben, ihr müsst euch beide noch etwas schonen!

🐼 Menno...

👦 Ich will nur das beste für euch!

🐈 Ich weiß Papa 😊 .

🐼 Ja ja, das sagst du immer und wir sind die, die keinen Spaß haben!

👦 Max erzähl nicht so einen Unsinn!

🐼 Irgendwann…

👦 Ja ja irgendwann wirst du uns alle versklaven, wir wissen es langsam. Nun mußt du aber erstmal wieder gesund werden.

🐈 Papa erinnerst du dich an die Werbung mit dem Auge?

👦 Das komische Plakat?

🐈 Genau! Trifft auf Max wohl nicht zu…

🐼 Worüber redet ihr?

👦 Max der Brösel hat ein Plakat gesehen wo drauf stand, mit dem zweiten sieht man besser.

🐈 Höhö das trifft auf Max wohl nicht zu 😜 .

👦 Das war gemein. Aber lustig!

🐼 Arschpenner!

Hölle auf Erden

Zuhause

👦 Scheiße!

🐈 Was hast du denn?

👦 Es schneit..

🐈 Geil! Wird ja auch mal Zeit...

👦 Ne wird's nicht! Erstens rutschig, zweitens kalt und du stellst das Hirn wieder ab...

🐶 Als ob der Holzkopf ein Hirn hat! Was ist schneien?

🐈 Der Stinker kennt aber auch nix! Also dann erklärt dir der Hirnlose mal was schneien ist, pass auf...

🐶 Laber nicht immer so viel! Kurz und bündig.

🐈 Ich mach dich gleich kurz und bündig!

👦 Hört auf zu streiten! Max wir gehen gleich raus, dann siehst du was Brösel meint.

🐶 Na gut...

🐈 Los ihr beiden beeilt euch!

Vor der Tür

🐶 Verdammte Scheiße! Ich wusste es! Jetzt ist meine Zeit! Ab sofort macht ihr was ich sage, ich bin der neue Herrscher!

🐈 Was stimmt den mit dem Stinker nicht?

👦 Keine Ahnung, möglicherweise hat der eine Schneeflocke auf den Kopf bekommen und nun eine Gehirnerschütterung.

🐶 Noch lacht ihr, das wird euch bald vergehen! Ich muss nur fix

109

rausbekommen, wie ich meine neue Macht umsetzen kann!

🐈 Ich glaub dem Max geht's nicht gut...

👦 Ich glaube auch...

🐶 Schnauze ihr beiden! Setzt euch und hört mir zu. Ich sage es nur einmal, ihr könnt euch dann überlegen ob ihr mir folgt und dient oder ob ihr wie alle anderen Höllenqualen leidet!

🐈 Hihi...

🐶 Hör sofort auf zu lachen...

👦 Max es reicht! Was willst du von uns? Warum denkst du, du seist der Herrscher?

🐶 Na du hast doch erklärt, dass ich der neue Teufel bin, wenn die Hölle zufriert. Das sieht mir nun ganz danach aus...

👦 Du Spinner! Die Erde ist doch nicht die Hölle! Hier schneit es öfter mal und in der Hölle ist es fast ausgeschlossen...

🐶 Also hab ich nix zu melden?

👦 Nein ...Ich bin der Chef!

🐈 Und ich auch!

🐶 Manno.... aber irgendwann!

👦 Na klar irgendwann 😂 ...

🐈 Er gibt nie auf, Ausdauer hat er.

Ich bin nicht niedlich

🐶 Alter was stimmt denn nicht mit dir?

🧑 Was gibt es den nun wieder zu meckern?

🐶 Ich hab ja das gleiche Outfit wie der Holzkopf! Das ist doch Scheiße! Da sieht man ja gleich in welchen Verhältnissen ich hausen muss!

🐱 Ich find's sehr hübsch, es ist überaus bequem und macht schlank.

🧑 Brösel das freut mich, sehe ich genauso. Der Max ist einfach nur ein Miesepeter.

🐶 Bin ich nicht! Aber müssen wir wie Zwillinge rumlaufen?

🧑 Ja ich find's wirklich niedlich...

🐶 Alter, ich bin ein schwarzer Labrador! Ich bin nicht niedlich! Ich komme direkt aus der Hölle und will die Weltherrschaft an mich reißen!

🐱 Hihi ein Höllenhund 😂 ...

🧑 Max du bist zwar frech aber zum Teufel reicht es bei dir noch lange nicht 😂 ...

🐶 Nicht? Na dann leg ich noch etwas drauf, ich weiß ich kann das!

🧑 Natürlich, du bist ja auch ein Pubertier. In zwei Jahren bist du auch lieber...

🐶 Niemals!

🐱 Höhn, der Stinker wieder..

🐶 Ich bin kein Stinker!

🐱 Papa irgendwie ist der Max niedlich, wenn er sich aufregt..

🐶 Hicks... Ich bin nicht niedlich!

😀 Doch Max biste, besonders mit Schluckauf! Nun reg dich ab und lauf weiter. Am Mittwoch gehen wir mal wieder essen, dann könnt ihr schön in Partnerlook gehen.

🐈 Auja dann gibt es wieder Leckerli!

🐶 Du verfressenes etwas, du denkst immer nur ans Essen!

🐈 Na du bist auch nicht besser.

🐶 Ich lass mich nicht so schnell bestechen!

😀 Lass uns mal wieder zu Mc Donalds fahren.

🐈 Au ja! Pommes und Burger 😊 !

🐶 Ich will einen Cheeseburger!

😀 Sagtest du nicht, du lässt dich nicht bestechen?

🐶 Aber ich...äh...naja...Ich muss ja noch groß und stark werden! Weltherrschaft und so...

🐈 Das ist wieder typisch Max 👹... Gib ihn einen Cheeseburger und er ist brav.

😀 Jeb, der denkt insgeheim auch nur ans futtern! Da seid ihr beide gleich....

🐶 Ihr werdet schon sehen...

😀 Klar. Weltherrschaft usw., lass dir mal was neues Einfallen.

🐈 Natürlich Max.

Max liebt Cheeseburger, diese gibt es aber nur ohne Soße, Zwiebeln und Gurke.

Brösel sieht das natürlich ähnlich, wenn er die Wahl hat, wird es aber eher der Big Mac, es ist bei uns zur Tradition geworden, dass wir wenn es kalt ist und die beiden schwimmen waren zu Mc Donalds fahren. Dies hat neben der Belohnung, durchaus auch medizinische Hintergründe. Wenn die beiden lange im Wasser waren, trinken sie auch extrem viel. Vor allem Brösel durchs schwimmen, mit den

Burgern und Pommes bekommen sie auch Salz zugeführt. Durch das viele Trinken verlieren sie Natrium, was die Nieren aber brauchen.

Daher mein Tipp, immer ein Tütchen Salz oder salzhaltige Leckerli dabei haben, wenn euer Hund viel schwimmt.

Typische Symptome einer Wasservergiftung: viel Wasser lassen, Schwindel, Erbrechen, Krämpfe, keine Lust zu essen sind einige der Anzeichen.

Typisch Max

👦 Hört auf zu Geiern, das ist mein Schokoweihnachtsmann!

🐈 Na komm schon. Nur ein ganz kleines Stückchen...

👦 Nein!

🐼 Sag mal, wenn du den Weihnachtsmann gerade isst, gibt dann keine Geschenke?

👦 Max du hast es erkannt! Weihnachten fällt für euch aus, kein Weihnachtsmann keine Geschenke!

🐈 Nein! Ich mag Geschenke!

🐶 Mörder!

🐈 Na toll, erst teilst du nicht und dann gibt es auch noch keine Geschenke!

🐶 Du bist ein Arsch, genauer gesagt ein Fettarsch! Frisst den armen Weihnachtsmann und wir gehen leer aus...

👦 Jetzt hört auf zu jammern, es gibt Hunde und Menschen die haben es deutlich schlimmer getroffen als ihr!

🐶 Ach ja? Und was ist mit dir?

👦 Ich hab's schlimm getroffen, ich hab ja euch!

🐈 Was willst du damit sagen?

🐶 Was genau meinst du?

👦 Ihr macht Dreck, ihr meckert, ihr helft nicht im Haushalt, ihr wollt ständig was haben, ihr ernährt euch besser als ich, ihr schnarcht, Max du besonders, ihr liegt überall maximal im Weg und ich hab keine Ahnung, wann ich das letzte Mal in Ruhe scheißen war!!!

🐈 Ja aber dafür haben wir dich lieb, kuscheln mit dir, halten dich nachts warm und passen immer auf dich auf!

🐶 Brösel schnarcht auch!

👦 Max du liegst aber immer auf meiner Brust, Hals oder mit deiner neugierigen Schnauze direkt an meinen Ohr und trötest da rein! Ja Brösel, das weiß ich doch!

🐶 Was muss, das muss...

👦 Gute Nacht meine lieben 😘.

🐱Schlaf gut Papa.

🐶 Kommt der Weihnachtsmann wirklich nicht mehr?

🐱 Du hast doch gesehen, dass Papa den gegessen hat!

🐶 Aber...

🐱 Eine kleine Chance gibt es aber noch.

🐶 Sag welche?

🐱 Morgen früh geht Papa kacken, dann kommt er vielleicht wieder raus.

🐶 Hoffentlich, ich will Geschenke zu Weihnachten!

👦 Jetzt wird geschlafen, zum letzten Mal gute Nacht.

🐶 Okay... Rrrrrr tröööt rrrrrr tröööt rrrrrrr tröööt $_z z^z {}_z z^z$

🐱Typisch Max...

Brösella

Zuhause:

👦 So hoch mit euch! Ich muss gleich zur Arbeit, damit ihr weiter im Luxus Leben könnt...

🐨 Luxus? Wo? Ich muss mir mit euch das Bett teilen!

🐱 Sei froh, dass du mit im Bett liegen darfst, als ich Papa kennen gelernt habe, durfte ich das nämlich nicht. Ich sag dir, das war ganz schön anstrengend und hat viel Überredungskunst gekostet!

👦 Du hast dich ja durchgesetzt, heißt aber nicht, dass ich mir das vielleicht irgendwann anders überlege!!!

🐨 Blablabla...

👦 Werd nicht frech! Los jetzt wir haben keine Zeit!

Unterwegs:

👦 Gebt Gas, immer dieses trödeln!

🐱 Papa mach doch nicht immer so einen Stress!

🐨 Jo Chill mal!

🐱 Hier hat so ein lecker Mädchen hin gemacht 😍!

🐨 Boa und was für ein Leckeres das war 😍!

🐱 Die gehört mir du Stinker!

🐨 Das hast du ja nicht zu bestimmen! Schon mal was von Emanzipation gehört? Heutzutage suchen sich die Mädchen selber ihre Freunde aus!

👦 Ja und ihr geht beide leer aus!

🐱 Warum?

🧑 Weil ich hier der Imperator bin und ich sage wer sich hier wann paart!

🐈 Nur weil du nicht zum Zuge kommst...

🧑 Weißt du's?

🐈 Klar!

🐼 Guck mal ne Oma mit einer Einkaufstüte!

🐈 Hin da!

🧑 Hört ihr auf, benehmt euch mal!

🐈 Was klappert hier denn so?

🐼 Ich weiß nicht...

🧑 Brösel komm bitte!

🐈 Nö ich muss erst wissen, was hier klappert!

🧑 Sei nicht so neugierig!

🐈 Nur kurz warten....

🐵 Der blonde Hund ist bestimmt ein Mädchen! Eine ganz hübsche Hündin ist das!

🧑 Nein das sind beides Jungs!

🐵 Nein Nein der blonde Hund muss ein Mädchen sein!

🐈 Meint die mich?

🐼 Ja!

🧑 Wie kommen sie denn darauf?

🐵 Na weil die so neugierig guckt!

🧑 Der schwarze ist definitiv neugieriger. Aber es sind wirklich beide Jungs, beide haben Eier.

🐵 Na wenn sie meinen, ich denke, so wie der blonde Hund guckt, ist es ganz sicher ein Mädchen!

🐈 Papa tu was!

🐼 Brösella…

🐈 Ich beiß dich gleich!

🐼 Das ist es mir wert! Brösella!

👦 Ich bin mir ganz sicher, Brösel ist ein Junge! Schönen Tag noch!

🐵 Ihnen auch...

🐈 Papa ich bin kein Mädchen!

👦 Nein du bist mein Holzkopf!

🐼 Brösel ist ein Mädchen, Brösel ist ein Mädchen!!!

👦 Max bitte, du siehst doch das Brösel ganz verwirrt ist 🤣. Ärger ihn doch nicht auch noch!

🐼 Brösella 😂!

🐈 Ihr seid voll gemein alle beide!!!!

👦 So und nun geht kacken, ich muss nun wirklich los!

🐼 Hast du für Brösella auch blütenzartes Klopapier dabei 🤪 🤣?

👦 Max der war gut 😂!

🐈 Arschpenner 🖕 …

Morosche Käse Lachs Kekse

300 g kalte Morosche Suppe
2 Eier Gr. L ohne Schale
250 g Buchweizenmehl
1 Päckchen Räucherlachs
80 g Wasser
200 g geriebener Emmentaler

Eier, Suppe und Mehl aufschlagen. In der Zeit den Lachs mit Wasser in einen Messbecher pürieren und langsam unterheben. Dann den Käse dazu geben und fingerdick auf einen Blech verstreichen. Zehn Minuten bei 180 Grad backen und dann mit einen Pizzaschneider in Stücke teilen und nochmal für zehn Minuten in den Ofen. Im Anschluss die Kekse für etwa 8 Stunden bei 70 Grad im Dörrautomaten trocknen.

Falls keine Morosche Suppe da ist, könnt ihr auch einfach eine Handvoll Karotten kochen und pürieren, hat dann halt nur nicht den Effekt der Suppe. Geschmacklich nimmt sich das für euren Vierbeiner sicher nix.

Gutes Gelingen!

Alles Diebe

🙉 Wer von euch hat mein Frühstück geklaut?

🐈 Der Stinker...

🐶 Du hast gesagt, wenn wir teilen petzt du nicht...

🙉 Alles klar, dann fällt euer Frühstück wohl auch aus 😤 .

🐶 Nein das ist nicht fair, nur weil du nix zum Essen hast, müssen wir doch nicht leiden!

🙉 Aber ich hab wegen euch nix zum Essen.

🐶 Sieh es positiv!

🙉 Was ist daran positiv?

🐈 Ärger ihn doch nicht noch mehr...

🙉 Max erklär es mir bitte!

🐶 Naja du wolltest doch abnehmen und ich als verantwortungsvoller Labrador helfe dir!

🐈 Gleich platzt er 😂 ....

🙉 Sag mal, was zum Teufel stimmt mit dir nicht? Du gehst sofort auf deinen Platz und denkst darüber nach, was du gerade getan hast!

🐈 Ich sag ja gleich gibt es Mecker...

🙉 Brösel du folgst Max besser!

🐈 Warum?

🙉 Weil du dir immer noch die Schnute leckst. Ich kenn euch! Max hat es geklaut und du hast es gegessen!

🐈 Aber doch nur, weil es auf dem Boden lag und ich's für dich aufheben wollte!

🙉 Und wo ist das aufgehobene Brötchen?

🐒 Hab ich versehentlich eingeatmet...

👦 Soso... Das macht die Sache nicht besser, ich hab Hunger!

🐒 Wir auch, ist doch toll, wieder eine Gemeinsamkeit!

👦 Ihr werdet schon sehen, was ihr davon habt. Ich denke ich geh heute mal beim Chinesen essen und ihr bleibt hier!

🐒 Bist du verrückt?

🐼 Guckst du kein Fernsehen?

👦 Natürlich warum?

🐒 Die Chinesen essen Hunde!

🐼 Ich schmeck garantiert nicht!

👦 Genau deswegen fahre ich da hin! Wenn ihr mich weiter beklaut, möchte ich gerne wissen, wie ich euch am schmackhaftesten verarbeite 😋 😋 .

🐒 Hilfe Tierschutz!

👦 Der hilft euch dann auch nicht, hab da schon angerufen. Die sagen, wenn ich euch vorher nicht quäle und es schnell mache, ist es erlaubt!

🐼 Glaub ich nicht!

🐒 Dafür liebst du uns zu sehr!

👦 Ich würde es an eure Stelle nicht darauf ankommen lassen!

🐒 Entschuldigung.

🐼 Ja Entschuldigung.

👦 Geht doch! Und nun geht's raus, heute ohne Leckerli, das hattet ihr ja schon.

🐼 Na gut…

🐒 Wenn es sein muss..

👦 Eins noch falls euch der Arsch heute beim scheißen brennt, das ist dann mein Frühstück was raus will. War nämlich Chillipaste ...

🐈 Oha!

🐼 Höhö, dann hab ich auch was zum lachen!

🐈 Ich mag heute lieber nicht raus...

Halloween

Zuhause

🐈 Papa was machen wir heute?

🧑 Wir besuchen Anja in ihrem Laden. Da steigt ne Party.

🐶 Gibt es da was zum essen?

🐈 Auja essen ist gut!

🧑 Natürlich aber nur für Menschen 🙂 ...

🐈 Nicht dein Ernst!?

🐶 Dann will ich da nicht hin...

🧑 Jetzt ist Schluss, hier wird nicht ständig gemeckert! Einmal in der Woche machen wir auch mal was mir gefällt...

🐈 Aber wenn wir nix essen dürfen, was machen wir dann da?

🐶 Du bekommst bestimmt ein neues Halsband wo was gefräßiges draufsteht 😄 .

🐈 Und du eins mit Stinker.

🧑 Nein. Ihr bekommt erst nächste Woche eure neuen Klamotten, heute machen wir Fotos.

🐶 Langweilig!

🧑 Ich diskutiere nicht mehr mit euch. Los zum Auto und Klappe halten, sonst geht's ohne Essen ins Bett!

🐶 Sackgesicht...

🧑 Was?

🐶 Nix....

Im Laden

👦 Ihr benehmt euch bitte, da drin sind auch andere Hunde.

🐶 Oh toll jemand zum Spielen!!!

🐈 Grrrr, wehe die kommen mir zu nahe!!!

🧑 Oh toll, da seid ihr ja!

👦 Huhu, na wie läuft's?

🧑 Blablabla....

👦 Blablabla....

🐶 Huhu na kleines, wie heißt du? Zeig mal her deinen Po, ich will mal riechen!

🐈 Das ist meine, weg da! Boah ist die toll 😊 !

👦 Ich sagte ihr benehmt euch! Die ist viel zu klein.

🐶 Ich will nur....oh noch eine und da hui, die sieht so aus, als ob sie spielen will...

🐈 Alle Mädels bitte hier her! Alter bist du ein Mädchen? Grrrrr hau ab grrrr....

👦 Brösel!

🐶 Hallo du, ich bin der Max!

👦 Max bitte, das reizt Brösel doch nur!

🐈 Grrrrr!

👦 Brösel setzt dich mal hin und iss eine Wurst!

🐈 Wurst? Wo?

👦 Hinsetzen und verdienen!

🧑 Ihr kommt gleich dran. Na, die beiden können doch auch lieb, ich weiß gar nicht, was du immer hast!

👦 Aber nur weil ich eine Wurst in der Hand hab...

🐈 Ey du, ja genau du! Was guckst du? Das ist meine Wurst!

🐶 Und meine!

👦 Hört ihr bitte auf, die gucken schon alle!

🐈 Ich leg hier gleich los, dann haben die was zu gucken!!!!

🐶 Ich will spielen!

👩 Kommt ihr?

👦 Ja! Los kommt, jetzt machen wir ein paar Bilder und dann geht's raus...

👩 Das sind also die Bluthunde?

👦 Jo...

🐈 Wir sind Labradore und keine Bluthunde!

👩 Heute schon...

👦 Hihi, ich hab's den Hölzköpfen noch nicht gesagt!

🐈 Was gesagt?

🐶 Was hat die Tante da?

🐈 Ey...iiiiih!

🐶 Haha der Holzkopf wird vollgesaut...

👦 Brösel halt schön still und Max, du setzt sich nun auch auf deinen Arsch!

🐈 Das ist voll unfair, bei Max sieht man die Farbe nicht!

🐶 Hat auch Vorteile ein schwarzes Fell zu haben....

👦 Stimmt, das geht so nicht!

👩 Ich hab ne Idee!

👦 Was denn?

👩 Ich hab da noch einen Nagel!

🐈 Hihi 😂 ! Guck mal wie doof der Stinker guckt!

🐼 Das ist nicht lustig!!!!!!!!!!

😊 Haha 😂 !

😃 Und nun mal zu mir schauen, ja super macht ihr das, fein!

🐈 Sind wir nun fertig? Ich hab Hunger!

🐼 Ich hab auch Hunger und muss kacken...

😊 Jaja los....

😃 Ich schick dir die Fotos später zu.

😊 Alles klar, danke!

😃 Tschüß.

🐈 Hunger!

🐼 Ich muss mal!

😊 Ja doch! Also danke für die Bilder, bis demnächst…

Der Besuch im Baumarkt nach dem Shooting war zu herrlich,
blutverschmierte Hunde und überall verängstigte Gesichter 😂 *…*

Eier braucht der Hund

👦 Hört zu, wir gehen jetzt nur ne kleine Runde Gassi und danach fahren wir nach Eckernförde.

🐕 Was gibt es denn da schon wieder?

🐶 Ich will nicht!

👦 Brösel Eckernförde liegt an der Ostsee, vielleicht darfst du heute auch mal wieder schwimmen gehen...

🐕 Jo cool, ich bin dabei.

👦 Aber nur wenn du dich benimmst!

🐕 Na toll, was soll das heißen?

🐶 Haha, der Holzkopf muss sich benehmen...

👦 Du dich auch Max, allerdings mach ich mir da bei dir keine Sorgen. Du hast ja kleine Eier....

🐕 Haha, kleine Eier, Papa der war gut 😂 !

🐶 Arschpenner, alle beide!

👦 Hab ich gerade gesagt, du sollst dich benehmen? Brösel ich sag's heute nur einmal! Hörst du nicht, bleibst du an der Leine!

🐶 Aber ich darf spielen und laufen?

👦 Ja aber du bleibst in Rufweite und kommst wenn ich pfeife!

🐕 Der Stinker bleibt dann wohl auch besser an der Leine, der hört doch für keine fünf Leckerli!

👦 Du doch auch nicht!

🐕 Aber nur, weil ich dicke Eier habe...

👦 Das Problem hast du bald nicht mehr!

🐈 Wie jetzt?

👦 Ist dir nicht aufgefallen das du weniger Stress hast, dass du schneller zur Ruhe kommst usw....?

🐈 Doch! Aber warum ist das so? Werd ich alt?

🐼 Ich weiß es...

👦 Pssst Max, du bist ruhig!

🐼 Menno…

👦 Ist dir beim Lecken deiner Eier nicht etwas aufgefallen?

🐈 Nö...worauf willst du hinaus? Sag! Was ist mit meinen schönen prallen Eiern?

👦 Überleg mal...

🐼 Ich weiß es! Brösels Eier werden auch bald winzig sein!!!!

👦 Max!

🐈 Wie was warum? Papa? Stimmt das?

👦 Ja....

🐈 Nein! Was hast du gemacht? Werden sie irgendwann wieder groß?

👦 Du willst doch irgendwann wieder frei laufen oder? Dann üben wir jetzt ein bisschen mehr und schwupp sind deine Eier wieder da.

🐈 Ja aber was hat das mit meinen schönen dicken Eiern zu tun? Was ist los?

👦 Ganz einfach je dicker die Eier desto weniger Hirn, daher hast du jetzt einen Chip und kannst dich etwas besser konzentrieren.

🐈 Das erklärt einiges!

🐼 Solltest du auch mal drüber nachdenken.

👦 Was meint ihr?

🐈 Naja denk mal nach!

🐶 Kann er nicht zu dicke Eier 😂 …

🧑 Ihr steigt sofort ins Auto, ich will bis wir da sind nix mehr von euch hören! Verstanden?

🐶 Ja ja…

🐱 Wie du mir, so ich dir!

🧑 Wir werden sehen wer hier am Schluss die dickeren Eier hat!

Warmer Fuß

Um 21:20 Uhr von der Arbeit gekommen, der erste Gang nach ausreichender Begrüßung geht raus. Es ist mittlerweile kalt, dunkel und es liegt Laub auf dem Boden, was durchaus rutschig sein kann…

🐶 Da bist du ja endlich, der Holzkopf hat den ganzen Tag geschnarcht!

🐈 Hab ich gar nicht! Hallo Papa, schön das du da bist. Wie war dein Tag? Hast du zufällig ein Leckerli dabei?

👦 Hallo meine beiden! Brösel ein Leckerli darfst du dir gleich verdienen!

🐈 Auja!

🐶 Und ich?

👦 Max du auch! Ihr wisst ja jedes Käckerchen, ein Leckerchen. Los jetzt, wir gehen!

🐈 Willst du dir nicht lieber richtige Schuhe anziehen?

👦 Quatsch wir machen nur ne kurze Runde, ich bin müde...

🐶 Los jetzt!

Draußen angekommen wurden die Herren Labradore 🐶 🐈 zu Ochsradoren 🐂 🐏 …

👦 Hört ihr jetzt auf zu ziehen!

🐶 Ich muß Pipi!

🐈 Boah hier riecht es aber geil...

🐶 Hier auch!

🐈 Und daaa...

🐼 Boah Ey und hier erst...

🙂 Hallo ich häng am anderen Ende der Leine!

🐕 Dann lauf schneller!

🐼 Alter, hui hier war aber ne feine Dame.

🐕 Wo wo? Lecker Schmecker…

🙂 Geht ihr jetzt Fuß!

🐕 Da ist ein Igel! Wuff Wuff knurr!

🐼 Ich will auch! Wo? Wuff Wuff Wuff!

🙂 Gleich gibt es Ärger!

🐕 Boah ich muss kacken!

🐼 Ich nicht...

🙂 Brösel bitte zieh nicht so, kannst du nicht einmal wie ein normaler Hund kacken?

🐕 Nein kann ich nicht. Moment ich geh da fix runter und drück mal, du weißt ja, alles was keine Miete zahlt, muss raus.

🐼 Hui, da ist ja Wasser!

🙂 Nicht ziehen, hier ist es rutschig.

Zu spät....während die beiden Holzköpfe lieber Ochsen gespielt haben, hab ich einen der Schlappen verloren und schön in Brösels warmes Häufchen getreten, natürlich mit dem Fuß ohne Schlappen!

Ratet mal wer sich kein Leckerli verdient hat und wer den Rückweg über brav Fuß lief!? Immerhin gab's kurzzeitig einen warmen Fuß.

Gemüse-Fleischwurst-Kekse/Pralinen

6 Eier gr. M
2 Karotten
1 Zucchini
Ca. 400 g Buchweizenmehl
2 Handvoll Buchweizengrütze
1/3 Päckchen Frischkäse
1/2 Geflügel Fleischwurst
2 Esslöffel Knochensuppe (alternativ 4 Löffel Wasser, 1 Löffel Öl)

Eier ohne Schale schaumig schlagen.
Karotte, Zucchini und Fleischwurst raspeln und mit dem Frischkäse zum Ei geben. Die Buchweizengrütze (oder Flocken) dazu geben und weiter rühren. Nach und nach das Buchweizenmehl dazu geben und glatt rühren.

Dann nehmt ihr etwa 500g von der Masse ab, füllt das in einen Messbecher und gebt Wasser dazu bis ihr auf 800g kommt, dazu einen Löffel Omega 3/6/9 Öl. Dies püriert ihr sehr fein und gebt das in Pralinenförmchen.

Den Rest der Masse streicht ihr auf ein Blech mit Backpapier (ich feuchte das Blech an, damit das Papier nicht rutscht). Das Blech in den vorgeheizten Backofen bei 200 Grad Ober- und Unterhitze für circa zehn Minuten, danach die steife Masse mit einen Pizzaschneider in mundgerechte Happen einteilen und für weiter zehn Minuten in den Ofen.

Die Pralinen backt ihr bitte bei 180 Grad Ober- und Unterhitze für etwa 20 Minuten. Wenn sich die Pralinen von der Form lösen sind sie fertig. Bitte sofort aus der Form kippen, sonst bildet sich Schwitzwasser und ihr bekommt sie nicht heile raus.

Mein Tipp: vor dem Backen mit Wasser besprühen, dann glänzen die Kekse schön.

Zur besseren Haltbarkeit trockne ich sie dann zusätzlich im Dörrautomaten, je nach Sorte bei 70 Grad für etwa fünf Stunden.

Und das Beste ist, ihr könnt die Kekse und Pralinen auch selber essen.

Gutes Gelingen und einen guten Appetit!

Kopfweh

Zu Hause:

🐈 Papa was ist denn mit dir los?

🧑 Was soll mit mir los sein?

🐈 Naja du hast ne Jeans an und machst dir die Haare! Hier ist doch was im Busch!!!

🐶 Busch? Wo ist hier ein Busch?

🐈 Oh du Stinker! Weißt du gar nichts? Das sagt man nur so...

🐶 Hör auf mich Stinker zu nennen!

🧑 Ihr hört auf zu streiten! Brösel ich mach mich nur ein bisschen zurecht, nix wildes. Wir fahren gleich zum See dort könnt ihr etwas spielen und schwimmen, danach machen wir noch ein bisschen Decken Training und ich esse was.

🐶 Nein kein Decken Training!

🐈 Das macht keinen Spaß!

🐶 Voll langweilig!

🧑 Ich hör euch immer nur meckern, ihr hättet ja auch sagen können, wie toll ihr es findet, dass wir schwimmen fahren!

🐈 Das erklärt aber alles noch nicht, warum du dich schick machst!

🧑 Naja wenn wir schon in ein Restaurant gehen, dann doch wenigstens nicht wie ein Schlumpf. Wer weiß, vielleicht lernen wir ja auch ein liebes Frauchen kennen.....

🐈 Aha wusste ich's doch! Du bist so durchschaubar, erst sollen wir uns müde schwimmen und spielen, danach kannst du dann damit angeben, wie brav wir sind! Da mach ich nicht mit!

🐶 Ich auch nicht! Du nutzt uns aus!

👦 Jetzt regt euch ab, wenn der Plan aufgeht, habt ihr ja auch was davon!

🐈 Kommt nicht in Frage! Wir dürfen nicht, also darfst du auch nicht. Erst gestern hast du es uns noch erklärt!

🐶 Genau! Gestern noch am schimpfen und heute für sich beanspruchen! Vergiss es!

👦 Das ist was völlig anderes, wir fahren erstmal los und sehen was der Tag bringt.

Im Auto:

🐈 Also Stinker, wie kommen wir aus der Nummer raus?

🐶 Nenn mich nicht Stinker!

🐈 Jaja. Alter wir haben jetzt ganz andere Probleme! Stell dir vor er findet wirklich mal jemanden, was denkst du was das für uns heißt?

🐶 Ich weiß nicht, Leckerli?

🐈 Nein! Stell dir vor, du hast ne Freundin, wird nie passieren weil erst ich komme, aber wenn du eine hättest, was würdest du machen?

🐶 Oh das ist einfach! Ich würde ihr erstmal ausgiebig am Po riechen und dann würde ich aufsatteln.

🐈 Siehst du! Und bei Papa wäre das nicht anders, wir dürften dann nicht mehr im Bett schlafen, wir müssten uns benehmen und womöglich noch komische Kunststücke lernen!

🐶 Scheiße! Das müssen wir verhindern. Aber wie?

🐈 Also hier mein Plan: Wir kommen sicher an die Schleppleine, das heißt ich renn zum Wasser lenke ihn ab und du spielst den Braven und guckst das sich deine Leine um die Füße wickelt. Hast du das geschafft, leg dich hin, das wird ihn ablenken. Wenn ich sehe du liegst, komme ich angelaufen, du springst auf und rennst los! Papa wird auf die Schnauze fallen und dreckig werden und dann gehen wir garantiert nicht essen!

🐼 Guter Plan, aber meinst du nicht das es Ärger gibt?

🐱 Nein, er ist nie lange böse! Du hast ja gestern auch kein Ärger fürs Zerkratzen des Autos bekommen.

🧑 Was gibt es denn da hinten zu tuscheln?

🐼 Nix!

🐱 Ich hab Max nur berichtet, dass es nach dem Planschen immer Cheeseburger gibt!

🐼 Ja genau, hört sich lecker an!

🧑 Na gut…

Am See

🧑 So dann habt mal Spaß und ich mach ein paar Fotos.

🐱 Denk an meine Worte!

🧑 An welche Worte?

🐱 Nicht du, ich mein den Max, er soll sich benehmen, damit wir nachher Burger bekommen...

🐼 Stimmt, hat er so gesagt!

🧑 Na dann viel Spaß!!!

🐱 Ich geh mal schwimmen...

🐼 Und ich Spiel ein bisschen im Sand...

🐱 Man ist das erfrischend!

🧑 Fein das freut mich! Max was ist denn mit dir? Willst du nicht planschen?

🐼 Äh nö alles gut, ich bleib hier liegen und schau dem Holzkopf zu...

🐱 Attacke! Hier komm ich...

🐼 Warte ich komm mit...

🧑 Hey, nicht so schnell! Denkt an die Leine....auuuuu, Scheiße....ihr Arschpenner, was zum Teufel stimmt denn nicht mit euch???

🐈 Höhö..

🐼 Krawumm...

🧑 Sofort hier her, hat sich ausgespielt! Es geht nach Hause!

🐈 Höhn, du bist voll in Entenscheiße gefallen 😂 .

🐼 Wer ist hier nun der Stinker 🤪 ?

🧑 Zum Auto, sofort!

🐈 Ich dachte wir wollten noch Decken Training machen und was

essen 😂 😊 ?

🐼 Stinker🤪 !

Es gab weder was zum Essen noch Decken Training, dafür zwei Kopfschmerzpillen für mich und Ruhepause für die Holzköpfe....

Nur Quatsch im Kopf

Zu Hause

🙂 Guten Morgen! Aufstehen....

🐼 Alter es ist kurz nach vier ! Leg dich hin und schlaf!

🐈 Papa warum stehst du schon auf? Du hast doch frei!

🙂 Wir fahren ans Meer, da müssen wir früh los, um etwas vom Tag zuhaben.

🐈 Geil! Nord- oder Ostsee?

🙂 Ostsee...

🐈 Sehr gut, dann kann ich der Regina wieder auf den Teppich pinkeln...

🙂 Kannst du nicht! Du benimmst dich bitte, sei dem Max mal ein Vorbild!

🐼 Genau sei mir mal ein Vorbild 😂 ! Was ist eigentlich ein Meer?

🐈 Höhö der Stinker weiß nicht was ein Meer ist!

🐼 Ich bin kein Stinker du blöder Holzkopf!

🙂 Hört ihr bitte auf! Also Max ein Meer ist vereinfacht gesagt ein sehr großer Teich, das Wasser ist salzig und dieses trinkst du lieber nicht, sonst gibt es Durchfall.

🐼 Aha gut. Können wir dann los?

🐈 Erst essen! Dann los!

🙂 Genau…

Auf der Fahrt dorthin wurde im Kofferraum das Kissen komplett zerstört, das Kissen war zu diesem Zeitpunkt keine 48 Stunden alt.

Am Strand

🐼 Hui, dass ist aber ein sehr großer Teich.

🐈 Lass mich los lass mich los ich muss da rein los los los!!!!!

🐵 Brösel beruhig dich erstmal. Max hör gut zu, es gibt Regeln...

🐈 Ich will ins Wasser! Jedesmal erklärst du das selbe.

🐵 Brösel du hörst auch zu! Also hier die Regeln, ihr dürft ins Wasser, ihr dürft euch im Sand, Matsch, Algen oder in sonst was wälzen, ihr dürft eigentlich alles heute, aber wenn ich euch rufe, kommt ihr sofort zu mir! Wenn ich sage wir laufen ein Stück mit der Leine, will ich nicht, dass ihr zu Ochsen mutiert! Soweit klar?

🐈 Ja ja, lass uns jetzt los!

🐼 Meinetwegen!

🐵 Ich verlasse mich auf euch! Baut ihr Scheiße gehts an die Leine!

🐈 Ja doch...

🐵 Dann viel Spaß…

Eine Minuten später

🐵 Brösel, Max lauft nicht so weit vor! Kommt mal her!

🐼 Manno, aber was soll's immerhin gibt es Leckerli...

🐈 Ich hör dich nicht!

🐵 Brösel! Ja prima Max, mach mal Sitz und warte kurz. Brösel komm!

🐈 Ich hör dich immer noch nicht!

🐵 Brösel hier her, sofort!

🐈 Was sagst du? Ich hör dich nicht…

🐼 Ich bin brav.

👦 Komm sofort her! Nein nicht weiter laufen. Ja Max prima du bist hier, braver Kerl! Brösel, wenn ich dich holen muss, gibt es Ärger!

🐕 Ja ja, du mich auch, außerdem hör ich nix!

👦 Na warte, los Max den holen wir! Brösel Stopp, bleib stehen!

🐶 Lass ihn doch laufen und gib mir seine Leckerli...

👦 Nein Max, ich lass Brösel nicht laufen. Regeln sind ja da, weil ich nicht will, dass euch etwas passiert und nicht weil ich euch ärgern will. Brösel du alter Arschpenner komm jetzt hier her!

🐕 Fang mich doch!

👦 Verdammte Axt, hörst du jetzt bitte auf mich!

🐕 Na Dicker, kommst nicht so schnell voran mit deinen zwei Beinchen...

👦 Wenn ich dich hab, gibt es richtig Ärger!

🐕 Ja ja, dafür musst Du mich erstmal bekommen…

Welch glückliche Fügung! Brösel musste kacken, ihr könnt euch sicher vorstellen, dass ihm hier sprichwörtlich der Blitz beim Scheißen erwischt hat 😂 *.*

👦 So und nun geht's zum Auto, Ende mit lustig!

🐶 Aber warum muss ich jetzt an der Leine laufen?

👦 Weil du mir auch noch zu viele Flausen im Kopf hast und wir nun zum Auto gehen.

🐕 Ich will ins Wasser!

👦 Was du willst ist mir egal, du läufst nun Fuß!

🐕 Manno…

👦 Selber Schuld! Wir gegen nachher nochmal zum Strand, solange kannste dir überlegen, ob du später hören möchtest!

👦 Brösel, letzte Chance für heute, geh brav bis zum Wasser an der Leine und du darfst nochmal schwimmen!

👧 Ich nehm Max, dann kannst du dich auf Brösel konzentrieren.

👦 Gute Idee.

👱 Die beiden sind aber ordentlich am Ziehen! Machen die das immer so?

👦 Nein nur wenn's lecker riecht oder die unbedingt irgendwohin wollen. Wir üben das noch, jeder einzeln geht aber zusammen schaukeln die beiden sich auf.

👧 Max ist aber echt kräftig, ich verstehe was du gemeint hast.

🐕 Hört auf zu labbern und gebt Gas!

🐶 Pssst Brösel lass uns auf drei ganz plötzlich loslaufen.

🐕 Auja, gute Idee, vielleicht lassen sie uns dann los und geben auf!

👦 Was tuschelt ihr da?

🐕 Höhö, nix.

🐶 Nix, wir sprachen nur darüber, dass wir uns mal benehmen sollten.

👦 Fein…

🐶 1

🐕 Das wird ein Spaß.

🐶 2

🐕 Wasser, ich komme gleich.

🐶 3

🐕 Attacke!

👧 Hey…

👦 Verdammt, ey geht's noch...aaaaauuuuaaaa!

👦 Alles klar bei euch?

🐱 Ja, Andree du musst wirklich üben!

🐱 Oha, jetzt haben wir's übertrieben...

🐶 Ich denke auch, was machen wir nun?

🐱 Erfahrungsgemäß hilft abschlabbern und lieb sein!

🐶 Na dann wollen wir mal…

Dies war unser erster großer Ausflug und der endete fast in einer Katastrophe.

Regina ist mit dem Gesicht voran in den Sand gestürzt, es ist glücklicherweise nix passiert. Ich hab mir den Knöchel umgeknickt, war kurze Zeit etwas benebelt, vor Schmerzen. Die beiden sind im Anschluß sehr brav gewesen und so kam es, dass Brösel noch ausgiebig schwimmen konnte und Max im Sand gespielt hat.

Nein Max

🐈 Wir sind ganz friedlich!

🧒 Klar voll gefressen und müde bin ich auch friedlich.

🐈 Warum schimpfst du denn schon wieder?

🧒 Ich schimpfe jetzt gerade überhaupt nicht!

🐶 Macht auf mich aber einen anderen Eindruck! Ich höre immer nur: Nein Max, mach dies, lass jenes, tu das, Nein, Nein, hörst du auf damit, Max runter da, Max raus hier, lass die Wäsche in Ruhe, lass die Wand heile usw...

🧒 Sag ich das auch zu Brösel?

🐶 Nö, den magst du ja auch lieber!

🐈 Mich hat Papa viel lieber!

🧒 Brösel erzähl nicht so einen Müll! Max ich mag euch beide gleich, nur du musst dich etwas beherrschen lernen.

🐶 Aber ich find's lustig! Heute morgen war mir fast das liebste Spiel.

🧒 Heute morgen war ne scheiß Aktion!

🐈 Da hat er dich aber auch wirklich an den Eiern gehabt, gut das ich so brav bin. Ich habe nur zugeschaut!!!

🧒 Ja Brösel, hast du fein gemacht.

🐈 Ist ja auch fies, wenn du auf dem Pott sitzt und nicht aufstehen kannst!

🐶 Wie gesagt ich fand's lustig!

🧒 War es nicht!

🐶 Doch! Ich hab schön die Wäsche abgenommen, einen neuen Kaustreifen an der Wand gefunden und noch mehr Wäsche abgenommen!

🐈 Und du wunderst dich das Papa immer schimpft?

👦 Brösel, das kläre ich!

🐈 Ach ja? Und wer wollte heute morgen, dass ich dem Max die Sachen wegnehme und dir gebe? Sieht so dein klären aus?

👦 Was soll ich denn machen, wenn ich da sitze und nicht weg komme?

🐼 Musste halt schneller drücken!

👦 Max jetzt ist gut! Du lässt das zukünftig, ich habe keinen Bock jeden Tag das Gleiche zu erzählen und saubere Wäsche nochmal zu waschen!!!

🐼 Dann halt doch die Klappe, lass mich machen und gut ist!

🐈 Oha gleich gibt es Ärger! Max sei lieber brav, sonst wird Papa stinkig.

👦 Nein ich lass dich nicht machen. Nehme ich dir dein Spielzeug weg und mache es kaputt?

🐼 Holzkopf du meinst wie heute morgen auf dem Pott?

👦 Maximilian!

🐈 Du bist fies, aber der war gut 😂, stinkig wie heute morgen!

👦 Brösel, Max auf eure Plätze! Ich will nix mehr hören! So was freches! Aber wie es der Zufall will folgt die Strafe auf dem Fuss!

🐼 Müssen wir wieder Übungen machen?

🐈 Oder isst du was und wir dürfen nur zusehen?

👦 Nein viel schlimmer! Heute geht's zur Anprobe eures Geschirrs, weil ihr euch beide wie kleine Kinder benehmt, gibt es das in lustiger kleiner Jungen Farbe und weil's so schön ist, geht ihr in Partnerlook!!!

🐼 Nein, ich mag nicht aussehen wie Brösel!

🐈 Ich will nicht wie der Max aussehen!

🐼 Ich werd dir das irgendwann heimzahlen! Irgendwann bin ich der

Herrscher dieser Welt und dann zieh ich an was ich mag!

👦 Natürlich kleiner, ganz bestimmt.

🐈 Oha, der redet aber wirres Zeug.

👦 Solange du noch nicht die Weltherrschaft übernommen hast, ziehst du an, was ich sage und wenn es soweit ist, reden wir gerne weiter.

🐶 Du wirst schon sehen!

Waldsee

👦 Was stimmt denn nicht mit euch? Jeden Tag weckt ihr Penner mich!

🐱 Papa du schläfst einfach zu lange.

🐶 Hey Fettarsch, wir haben Hunger!

👦 Erstens, ich schlafe so lange, weil ihr mich nicht früh einschlafen lasst und zweitens ist mein Arsch nicht fett!

🐶 Doch du bist dick!

👦 Ja, trotzdem ist er nicht fett. Mein Arsch ist das Beste an mir! Merk dir das!!!

🐱 Papa, was machen wir heute?

🐶 Genau Schwabbel, was machen wir heute?

👦 Brösel, wir gehen gleich erstmal Gassi und dann bekommst du dein Essen.

🐶 Und ich?

👦 Du darfst erstmal draußen drüber nachdenken, was du hier von dir gibst! Das ist nicht nett. Für den Fall, dass du dich entschuldigst, bekommst du auch was zum Essen. Ihr braucht heute schließlich Kraft.

🐱 Warum?

🐶 Ich hab Hunger!

👦 Weil wir heute was ganz tolles machen.

🐱 Cool, was denn?

🐶 Gibs da Leckerli?

👦 Wir fahren in den Deister, Brösel du kennst das ja schon. Leckerli darfst du dir verdienen!

🐶 Andere Hunde bekommen auch so Leckerli, hab ich schon beobachtet.

🧑 Andere Hunde sind auch höflicher als du, Schlussfolgerung für dich: Wer nett ist bekommt Leckerli.

🐈 Ich bin nett oder?

🧑 Naja du bist nicht so frech wie der Max, das steht fest!

🐶 Ich bin nicht frech...

🧑 Doch!

🐈 Du nervst und zwickst mich immer!

🧑 Du klaust wie ein Rabe und hast immer ne große Klappe!

🐶 Ich hab ja auch Hunger!

🧑 Wir gehen erstmal los, Max, du denkst drüber nach und Brösel, du benimmst dich bitte auch.

Gesagt getan, nach kurzer Runde gab's für beide etwas zum Essen. Danach war Ruhe angesagt, sollten ja schließlich bei Kräften sein.

🧑 So aufgestanden, es geht los!

🐈 Auja...

🐶 Ich will schlafen!

🧑 Will ich auch, ihr lasst mich nur nie! Also hier der Plan: Wir kaufen für Max noch eine schöne Schleppleine und dann geht's in den Deister. Dort dürft ihr dann unter Beweis stellen, dass ihr doch hört und euch benehmen könnt. Die Regeln sind: Kein Gezerre an der Leine, andere Hunden werden weder angeknurrt noch angebellt, der erste See ist Tabu, selbiges zählt für Stöcke! Wenn ihr lieb seid, gibt es Leckerli und am zweiten See darf der Brösel ins Wasser. Max du leider nicht, weil dein Ohr noch nicht okay ist, dafür bekommst du aber ne tolle Aufgabe und anschließend Leckerli.

🐈 Du und deine Regeln…

🐶 Ich soll mir meine Kekse erarbeiten?

🙂 Ja Max. Wir sind uns einig?

🐱 Wenn's sein muss...

🐶 Sehen wir dann, ich muss mir das erstmal anschauen!

😊 Dann los!

🐶 Dem zeigen wir es! Machste diesmal mit?

🐱 Vermutlich keine gute Idee aber ja, ich bin dabei!

🐶 Guck andere Hunde, lass uns den Dicken dahin ziehen.

🐱 Coole Idee, wir bellen am besten auch ein bisschen.

🐶 Ja, dann denken die bestimmt wir sind voll unerzogen.

🐱 Dann schämt er sich wieder und muss den anderen Menschen irgendwas von Pubertät erklären.

😊 Hey ihr da vorne, ihr heckt doch was aus!

🐱 Nene, alles gut!

🐶 Los jetzt!

🐱 Grrr, Wuff,Wuff.

🐶 Wuff, Grrrr, Wuff.

😊 Nein, seid lieb! Kommt her!

🐱 Höhö…

🐶 Voll blamiert!

Immer Fotos

🐼 Sag mal Holzkopf, müssen wir immer Fotos machen?

🐈 Sag nicht immer Holzkopf, für dich immer noch Großer Manitou oder meinetwegen Chef! Und Ja, das müssen wir. Papa gefällt das, also tu gefälligst so, als würde es dir Spaß machen!

🐼 Aber das ist voll blöd, ich will da hinten mal fix was riechen....

🐈 Erst ich dann du, kapiert?

🐼 Wenn ich erstmal groß bin, dann siehst du schon, was du von deinen Gemeinheiten hast...

🐈 Wenn du groß bist, bin ich alt und du wirst gefälligst Respekt vorm Alter haben!

🐼 Manno, naja immerhin gibt es Leckerli fürs Stillsitzen. Scheint ja nicht ganz verkehrt bei euch zu sein!

👦 Wenn ihr fertig mit diskutieren seid, können wir ja weiter. Denkt einfach nur daran ich hab hier die Hosen an...

🐼 Würde bei uns ja auch doof aussehen!

🐈 Jetzt Ärger ihn doch nicht wieder! Das gibt wieder eine Standpauke und wir kommen gar nicht voran. Ich muss kacken, halt einfach die Klappe!

👦 Fein gesagt, aber der Max muss jetzt erstmal kurz hören. Max mach Sitz...

🐼 Ich mag jetzt aber nicht sitzen!

🐈 Alter mach! Es drückt!

🐼 Ich will nicht!

👦 Max sitz!

🐈 Mach hin du Stinker!

🐼 Ich sag euch was, irgendwann tut ihr was ich euch sage!

😀 Schon klar.

🐈 Mir Latte wer hier irgendwann was sagt, ich muss kacken!

🐼 Ihr werdet schon sehen…

Max erstes Eis

🧑 Na ihr beiden wollen wir ein Eis essen gehen?

🐈 Auf jeden Fall, ist ja schon ewig her!

🐼 Was ist Eis?

🐈 Magst du nicht, ich nehm deins....

🧑 Brösel red kein Quatsch, Max mag das bestimmt.

🐼 Was ist denn nun Eis?

🧑 Max das ist was ganz feines und gibt es höchst selten. Eis ist sehr kalt, süß und verdammt lecker.

🐼 Dann mag ich mal probieren...

🐈 Und wenn du es nicht magst, nehm ich's und falls du es doch magst, mach ich's dir madig.

🧑 Brösel wenn du nicht gleich was ganz liebes zum Max sagst bleibst du hier!!!

🐼 Haha Brösel bekommt Ärger...

🐈 Papa! Max ärgert mich.

🧑 Du hast doch damit angefangen. Sag was Liebes zu Max und er entschuldigt sich bestimmt!

🐈 Aber...

🧑 Nein nix aber! Sag was Liebes!

🐼 Haha. Ich höre!

🐈 Manno, na gut Max, du bist ganz ok.

🧑 Prima mein Holzkopf, haste gut gemacht!

🐼 Haha Brösel ist ein Holzkopf...

🐈 Papa, mach etwas!

👦 Brösel ist gut, ich klär das. Max das ist nicht lieb. Brösel hat jetzt was Liebes zu dir gesagt, nun musst du dich auch entschuldigen!

🐶 Nö!

👦 Max! Hier wird nicht diskutiert, entschuldige dich und wir gehen ein Eis essen.

🐶 Na gut! Entschuldige Brösel, ich sag auch bis nach dem Eis nix doofes mehr.

👦 Seht ihr, so einfach geht das. Also hopp, los geht's!

Brösel hat seine Kugel, inklusive Waffel, eingeatmet. Sein Eis war innerhalb von fünf Sekunden weg. Max ist da ein richtiger Genießer, langes ausgiebiges lecken, fröhliches durch die Gegend schauen und weiter lecken. Brösel kann das gar nicht verstehen und tut so als hätte er nix bekommen, die Leute sehen dann natürlich nur einen armen verhungerten Labrador, während der andere etwas bekommt. Ich bin tatsächlich auch schon darauf angesprochen worden, warum nur einer Eis bekommt und der andere zusehen muss.

Gemüse Forelle Frischkäse Algen Kekse

300 g kaltes püriertes Gemüse nach Wahl
2 Eier gr. L ohne Schale
250 g Buchweizenmehl
1 Päckchen Forellen Filet
80 g Wasser
200 g körniger Frischkäse
2 Teelöffel Algenpulver

Eier, Gemüse, Frischkäse, Algen Pulver und Mehl aufschlagen. In der Zeit die Forelle mit Wasser in einen Messbecher pürieren und langsam unterheben. Fingerdick auf einen Blech verstreichen. Zehn Minuten bei 180 Grad backen und dann mit einen Pizzaschneider in Stücke teilen und nochmal für zehn Minuten in den Ofen. Im Anschluss die Kekse für etwa sechs Stunden bei 70 Grad im Dörrautomaten trocknen.

Gutes Gelingen!

Dicke Fresse

🐈 Alter was hast du denn gemacht?

👦 Nix. Heute ist hier mal etwas Ruhe angesagt!

🐼 Nach nix siehst du aber nicht aus…hihi hast wohl eine auf die Fresse bekommen!

👦 Genauer gesagt in die Fresse…

🐈 Aha! Sagtest du nicht, das Gewalt keine Lösung sei? Ich darf den Stinker auch nicht verprügeln!

👦 Ich habe mich nicht geprügelt !

🐼 Würde ich auch behaupten. Jetzt erzähl wer war es, kennen wir den Kerl!

🐈 Der darf sich hier nie wieder sehen lassen!

🐼 Genau den machen wir fertig! Im Handbuch für kleine Teufel steht, dass man in solchen Fällen auch zu extremen Maßnahmen greifen darf.

🐈 Ui, das hört sich nach Schmerzen an!

🐼 Oh ja und deswegen setzten wir dieses Mittel in der Hölle auch nur bei schlimmen Verbrechen ein.

👦 Ich hab nix auf die Fresse bekommen…

🐈 Wär mir auch peinlich, nun lass den Stinker erstmal ausreden, wir klären das für dich!

🐼 Also bei schlimmen Verbrechen dürfen wir auf die Ananas zurückgreifen…

🐈 Hört sich lecker an und nicht nach Strafe!

🐼 Denkst du! Pass auf es geht so: der Verbrecher, in dem Fall der Schläger, wird gefesselt und über einen Balken gelegt. Er wird denken, dass er was auf dem Po bekommt und dabei liegt er auch fast richtig!

🐈 Mach es doch nicht so spannend!

🐼 Also während er sich freut, nur was auf dem Po zu bekommen, kommt Satan persönlich….

🐈 Hat der nix besseres zu tun?

🐼 Doch aber da diese Art von Strafe sehr sehr schmerzhaft ist, darf sie nur von Satan persönlich ausgeführt werden, oder ich als zukünftiger Herrscher!

🐈 Da wird der Hund doch in der Pfanne verrückt, mach es nicht so spannend. Apropos Pfanne, ich hab Hunger!

🐼 Du und dein Hunger! Also der Typ steht da nun gebeugt und gefesselt, Satan kommt mit der Ananas und begutachtet diese. Die Ananas muß groß, dick und ganz frisch sein. Dann nimmt er diese und schiebt sie den Übeltäter quer in den Po!

🐈 Donnerwetter! Das hört sich schmerzhaft an!

🐼 Das ist es auch aber hier wohl das Mittel der Wahl!!!

🐈 Ganz Recht, wer meinem Papa weh tut, der hat nix anderes verdient!

🧑 Jetzt hört ihr aber auf, ich war bloß beim Zahnarzt…

🐈 Und der hat dir in die Fresse gehauen!

🐼 Sagtest du gerade!

🧑 Nein ich sagte, ich hätte was in die Fresse bekommen, durfte aber nicht ausreden! Also der Zahnarzt hat mir geholfen weil Icheinen schlimmen Zahn hatte und nun ist es durch die Behandlung etwas angeschwollen.

🐈 Prima und ich dachte schon, wir müssten nun tun was der Max sagt! Können wir jetzt was essen? Ananas zum Beispiel!

155

👦 Nach der Geschichte hab ich garantiert keine Lust auf Ananas!

🐼 Na toll und ich hab mich schon gefreut… aber irgendwann find ich ein Opfer!

🐱 Und solange bleib ich der Chef, kapiert!

🐼 Manno…

👦 Nun ist aber Ruhe, ich will ein bisschen schlafen.

🐱 Und danach gibt es etwas zu Essen!

👦 Ja doch…

Frosch im Hals

🐶 Hust hust…

🐱 Papa der Max ist erkältet.

👦 Woher denn? Der geht doch gar nicht planschen.

🐶 Hust … quatsch, ich bin nicht krank!

🐱 Ach ja und warum hustest du dann so dolle?

🐶 Ich hab einen Frosch im Hals! Hust hust ….

👦 Max ich sag es ungerne aber dann hat der Brösel Recht, du wirst krank.

🐱 Natürlich hab ich Recht, ich habe immer Recht!

👦 Red nicht so einen Blödsinn, wenn hier einer immer Recht hat, bin ich es!

🐶 Könnt ihr mal aufhören mit der Scheiße, ich… hust hust … hab wirklich einen Frosch im Hals!

👦 Max hast du wieder Gras gefressen?

🐶 Ja aber das ist es nicht! Es ist ein Frosch!

🐱 Würde erklären warum du immer soviel quakst!

🐶 Hust, hust… labert nicht, helft mir lieber!!!

👦 Und wobei?

🐶 Keine Ahnung, tu einfach was… hust.

🐱 Soll ich dem Stinker eine auf die Zwölf hauen?

👦 Hier wird niemand gehauen…

🐶 Hust, hust… mach endlich was!

🐱 Wollt ich ja, darf ich aber nicht!

🐨 Hrrrr… hust.

🧑 So Max, komm mal her, ich klopf dir ein bisschen auf den Rücken, hilft bei Menschen auch. Du hast bestimmt nur Gras im Hals.

🐨 Es ist ein Frosch ganz sicher…hust!

🐈‍⬛ Das blöde Gequatsche hör ich mir nicht länger an! Wenn der wirklich einen Frosch im Hals hat, fress ich einen Besen.

🐨 Na dann guten Appetit! Ich werd ja wohl wissen was ich….hust hust… im Hals hab!

🧑 Lass mich mal klopfen…

🐈‍⬛ Ach, du darfst dem Stinker welche ballern und ich nicht! Wo ist da bitte deine Logik?

🧑 Ich baller dem Max keine, ich will nur ein bisschen klopfen…

🐨 Hust hust hust hrrrrr…

🐸 Glück gehabt, ich dacht ich werd gefressen! Arschloch, mach so etwas nie wieder!

🐈‍⬛ Donnerwetter, der Stinker hatte wirklich einen Frosch im Hals!

🧑 Max ich sagte die Frösche werden nicht gefressen!

🐨 Hab ich ja auch nicht! Der lebt doch noch…

🧑 Nochmal für alle zum mitschreiben, Frösche werden nicht in den Mund genommen! Verstanden?

🐈‍⬛ Ja okay.

🐨 Jetzt will ich aber auch sehen, wie der Holzkopf den Besen frisst!

🐈‍⬛ Wirst du schon wieder frech?

🧑 Brösel dann sag nicht Sachen, die du dann doch nicht machst!

🐨 Genau! Wenn ich erstmal die Welt beherrsche, dann gibt es für dich jeden Tag einen Besen!

🐈‍⬛ Klar doch…

🐶 Ja ganz sicher, wirst schon sehen!

🐸 Ich bin dann mal weg…

🐈 Komm Stinker halt die Klappe und renn deinen neuen Freund hinterher.

🐶 Das ist nicht mein Freund!

🐈Höhö…

🐶 Da brauchst du gar nicht lachen. Ich warne dich, irgendwann…

🧑 Irgendwann gewinne ich im Lotto und dann werdet ihr sehen…

🐈 Gibt es dann noch mehr Leckerli?

🐶 Hört sich grundsätzlich nach einen guten Plan an.

🧑 Ne garantiert nicht, dann geht es in die Hundeschule für schwer erziehbare Hunde!

🐈 Blödmann!

🐶 Dann lieber wieder einen Frosch im Hals!

Wo ist das Wasser?

👦 Holzköpfe wir fahren in den Garten.

🐱 Gute Idee, dann kann ich planschen!

🐶 Musst du dich immer nass machen? Du stinkst dann immer!

🐱 Ich stink dir auch gleich was! Klar muss ich mich nass machen, schwimmen und planschen ist mir das Allerliebste!

🐶 Wenn man vom Essen absieht…

🐱 Essen ist mir auch das Allerliebste!

🐶 Und von Schlafen reden wir lieber nicht…

🐱 Schlafen ist mir auch das Allerliebste!

🐶 Du solltest dringend deine Prioritäten überdenken!

🐱 Weil?

🐶 Du kannst ja vieles mögen, aber man kann nur eins am allerliebsten haben!

🐱 Papa der Stinker spielt wieder Klugscheißer!

👦 Naja ganz unrecht hat der Max ja nicht…

🐱 Ach bist du nun auf seiner Seite?

🐶 Klar ist er das, Papa weiß halt wer der Klügere von uns ist…

🐱 Hilft dir aber auch nix wenn ich dir eine baller!

👦 Ich bin auf niemanden Seite und hier wird auch nicht ständig gedroht!

🐶 Genau…

🐱 Grrr…. Können wir dann endlich los?

👦 Klaro…

🐶 Ich freu mich schon auf das blöde Gesicht von Brösel!

🐈 Ach ja? Warum?

🐶 Hihi, siehst du dann schon!

🐈 Was seh ich dann?

👦 Max du bist jetzt ruhig und hörst auf den Brösel zu ärgern!

🐶 Ist ja gut, doof gucken wird er trotzdem gleich!

🐈 Jetzt mach schon die Gartentür auf, ich will planschen…

🐶 Jeb mach schon die Tür auf, dann haben wir was zum lachen…

👦 Maximilian!

🐶 Hihi…

🐈 Ey wo ist das Wasser? Papa?

🐶 Hihi, sag doch gleich guckt er doof!

🐈 Wer hat das Wasser geklaut?

👦 Keiner. Ich hab es abgelassen, weil du es so dreckig gemacht hast. Der Teich bleibt nun leer!

🐈 Aber…

🐶 Hihi…

👦 Vielleicht hast du ja Glück und es regnet, dann kannst du wieder planschen…

🐶 Vielleicht hast du aber auch Pech 😂 …

🐈 Na warte, dir werd ich dein vorlautes Maul stopfen…

🐶 Dafür musst du mich erstmal bekommen 😜 !

🐈 Grrr…. Irgendwann!

🐶 Sag ich auch immer….

Karl

🐕 Mmmmh…

👦 Bröselchen, worüber denkst du nach?

🐼 Übers Essen bestimmt! Du stellst immer blöde Fragen…

🐈 Ne mach ich gar nicht! Wobei es eigentlich schon wieder etwas geben könnte…

🐼 War so klar!

👦 Brösel was ist denn los? Du guckst so angestrengt!

🐼 Natürlich guckt er angestrengt. Schon mal mit einer Erbse im Kopf gedacht? Wird schwer…

🐈 Arschpenner! Ich bin ganz schlau…

🐼 Aja…

🐈 Wirklich! Außerdem geht dich mein Kopf nix an!

🐼 Dann hör auf mich anzugucken! Guck woanders hin!

👦 Das beantwortet aber nicht meine Frage. Erzähl mal…

🐈 Ich denke gerade über unsere Namen nach. Meiner passt ja ziemlich gut zu mir, aber beim Max hab ich berechtigte Zweifel.

🐼 Ach ja? Was passt dir denn an meinem Namen nicht?

🐈 Nix, ich find ihn schön, aber er passt nicht zu dir!

🐼 Aha… Was würde deiner Meinung nach denn besser passen?

👦 Brösel du denkst bitte daran, heute keine Gemeinheiten mehr. Jeden Tag dieses Gezicke geht mir echt auf den Sack!

🐈 Papa findest du nicht auch, dass Karl viel besser zum Max passt?

👦 Haha 🤣 … Ja jetzt wo du es sagst.

🐼 Ey das ist nicht lustig! Ich mag nicht Karl heißen!

162

🐈 Aber es würde so toll passen…

🐼 Wie kommst du nur auf so unsagbaren Blödsinn?

👦 Haha, Max so blöd ist das gar nicht. Weißt du noch neulich im Fernsehen?

🐼 Was genau bitte meinst du?

🐈 Na der Typ mit dem großen und kleinen Auge…

👦 Max erinnerst du dich?

🐼 Ja, aber was hat das mit mir und meinen Namen zu tun?

🐈 Der guckt wie du 😂…

👦 Recht hat er, eine gewisse Ähnlichkeit kannst du nicht abstreiten!

🐼 Soviel zum Thema keine Gemeinheiten mehr! Ihr seid die größten Arschpenner der Welt!

🐈 Höhö, gleich bekommt der Karl wieder Schluckauf!

👦 Brösel lass den Karl, äh Max jetzt in Ruhe…

🐼 Hicks, hicks ihr hicks werdet schon sehen was hicks ihr davon habt! Irgendwann hicks…

🐈 Klar irgendwann beherrscht du die Welt, blablabla… 😂

👦 Brösel nun ist gut!

🐼 Ich hicks bin nicht Karl Dall, kapiert!? Ich bin hicks Max der hicks hicks Herrscher!

👦 Nun beruhigt euch und esst ne Karotte!

🐈 Du hast immer so tolle Ideen, ich mag Karotten!

🐼 Dann hält er hicks wenigstens die Fresse hicks…

Maximilian

Wie Max zu uns kam

Mein lieber Max,
du bist nun mittlerweile ein Jahr Teil meines Lebens. In diesem Jahr haben wir so einiges durchgemacht und überstanden.

Du hast in einer Hundegruppe laut nach Hilfe geschrien, deine ehemaligen Halter haben sich ein Leben mit einen Labrador anders vorgestellt. Im Text stand soviel „schlechtes", du würdest alles kaputt machen, nicht an der Leine laufen und alles in Frage stellen. Du wurdest als Diamant angepriesen, der einfach noch nicht den richtigen Schliff hat.

Als ich dich das erste Mal auf dem Foto sah, stand für mich fest, dir möchte ich ein gutes Zuhause geben. Ein Zuhause, in dem du dich wohl fühlst und glücklich wirst. Deine Macken habe ich damals als ganz normales Junghundverhalten gesehen und war der Meinung, dies ist nicht schlimm. Du hast so unglaublich viel zerstört und tatsächlich erst vor kurzem damit aufgehört. Du hast dich in der Küche selber bedient, du hast Wäsche geklaut, du hast jeden angesprungen und Frauen sogar manchmal dabei ins Handgelenk gezwickt.

Ich weiß nicht warum du das getan hast und ob es eine schlimme Geschichte dahinter steckt. Du mein lieber Max hast aber sehr schnell gelernt, niemanden mehr zu zwicken, du hast schnell verstanden, dass du auf deinen Platz warten musst, wenn ich dein Essen zubereite und wartest ganz brav auf die Freigabe.

Du warst und bist immer noch der frechste Hund den ich kenne, dies aber zeichnet dich aus, es ist dein Charakter. Du bist ein ganz besonderer Kerl, weißt manchmal nicht wohin mit deiner Energie und treibst mich so manches Mal in den Wahnsinn. Viele Stunden haben wir trainiert, wenn wir beide alleine sind, klappt alles prima, sobald aber Brösel dabei ist, lässt du wieder die Murmeln in deinem Kopf kullern. Du bist noch jung und ich verspreche dir, ich mache aus dir einen selbstbewussten Hund. Mit Geduld, Liebe und Einfühlungsvermögen schaffen wir auch das!

Du hast eine Vielzahl an körperlichen Baustellen mitgebracht, Ohrenentzündung die falsch behandelt wurde, ein Auge was entzündet war und ein Auge was erhöhten Tränenfluss hatte. Die Ohren waren schnell wieder gesund, nur die Augen machten immer weiter Probleme. Wir waren ein halbes Jahr lang alle drei Wochen beim Tierarzt, die Entzündung ging weg, aber der Tränenfluss blieb. Nach vielen Untersuchungen fanden wir heraus, dass deine Wimpern ins Auge wachsen, nicht alle, sondern ganz feine. Als wir das nun endlich wussten, wurdest du operiert, ein schlimmer Tag für mich, denn ich durfte nicht bei dir bleiben. Ich durfte nur bleiben bis du eingeschlafen bist, tausend Dinge gingen mir durch den Kopf und ich sage dir mein Lieber, es waren keine schönen Gedanken.

Heute ein Jahr nach deinem Einzug kann ich dir versichern, du bist tatsächlich ein Diamant, allerdings ein Diamant der sich in einem Holzklotz versteckt. Meine Aufgabe ist eigentlich ganz einfach, ich muss dir zuhören, dich lesen und für dich da sein.

Max wir schaffen das, ganz sicher! Dir gab ich das gleiche Versprechen wie seinerzeit Brösel. Ich bin für dich da, passe auf dich auf und werde jeden Tag mein Bestes geben, damit es dir gut geht.

Du mein lieber Max hast dich im letztem Jahr so prächtig entwickelt, dass ich mir sicher bin die anderen Baustellen mit dir aus dem Weg zu räumen. Du, Brösel und ich wir rocken das Leben und wenn du am Ende doch die Weltherrschaft übernimmst, so weiß ich das es

Schlimmeres geben kann. Du bist nämlich ein ganz feiner Kerl mit dem Herz am richtigen Fleck und wirst gütig über uns herrschen.

Maximilian du alter Chaot, du hast hier einiges geändert und forderst mich jeden Tag auf ein Neues heraus. Du lieber Max ich bin dir dankbar, dass ich jeden Tag ein bisschen mit und an dir wachsen darf.

Ich liebe Dich!

Schlusswort und Vorstellung des Autors

Wer es bis hier hingeschafft hat, dem möchte ich mich noch kurz vorstellen:

Ich bin 37 Jahre alt und komme aus dem schönen Umland der Leinestadt Hannover.

Geboren in Hannover, aufgewachsen in Hannover und Umgebung, also ein echter Niedersachse und als solcher recht kühl. Das ist halt so im Norden, doch wer es geschafft hat ein nordisches Herz zu erobern, der hat auch einen echten Freund fürs Leben gefunden. Nicht umsonst gelten wir Niedersachsen als sturmfest und erdverwachsen.

Ich habe ganz klassisch nach der Schule ein Handwerk erlernt und bin dem bis heute mehr oder weniger treu. Heute arbeite ich in der Industrie, wird halt besser bezahlt, hat aber kaum noch was mit dem Erlernten zu tun.

Durch diverse Schicksalsschläge bin ich zum Hund gekommen und kann behaupten, dass es das Beste war, was mir in meinem Leben passiert ist. Ich weiß gar nicht wie ich 34 Jahre OHNE Hunde überleben konnte. Hunde verändern einen und zeigen einem eine ganz andere Sicht auf die Dinge des täglichen Lebens. So kam es auch, dass ich vor gut eineinhalb Jahren ein Initiative gegründet habe, in der es darum geht unseren Ort sauber zu halten. Wir treffen uns alle drei Wochen und sammeln den Müll von unseren Straßen. Kleine Dinge oder Projekte können die Welt vielleicht nicht ändern aber ein gutes Stück lebenswerter machen.

Ich bin dankbarer und bescheidener geworden. Ich weiß mittlerweile wie gut es mir geht und kann nun erkennen, dass es andere

Menschen im Leben noch schlechter haben, sei es durch eigene Krankheiten, Krankheiten von denen, die man liebt oder durch den Tod eines geliebten Menschen. Als Mensch ist es unsere Aufgabe nicht weg zu gucken, sondern anderen zu helfen. Oftmals reicht auch schon ein offenes Ohr.

Dies bringt mich nun auf meine Hamburger Freundin Susanne.

Zum Ende des Buches möchte ich, ihr noch die Möglichkeit geben Lotte`s Geschichten zu erzählen sowie ihr Projekt vorzustellen.

Der ein oder andere weiß, dass ich ein großer Fan von Empompi bin und wir in der Vergangenheit auch schon einiges zusammen geleistet haben. Selbstverständlich werde ich Susanne weiter die Stange halten und wann immer ich kann, nach Kräften helfen.

Dieses Buch soll auch ein Teil des Projektes sein. Ein Teil der Einnahmen, dieses Buches wird den Kindern von Empompi zugute kommen.

Mit stürmischen Grüßen,

Andree

Bauchweh

Gastautor

🐾 H A L L O O O O Holzköpfe, hört ihr mich? Ihr müsst mal den TIERSCHUTZ für mich rufen. DRINGEND!!!!

🐾 👂 HUHU wo seid ihr? Hundemädchen in NOT!!!

🐈‍⬛ Hallo meine Schöne, was ist denn los?

🐶 z^zZ

🐾 Ich hab Bauchweh 🤢. Und nachts musste ich ständig raus. Ich konnte gar nicht richtig schlafen. Mama sagt ich hab Durchfall.

🐈‍⬛ Oh das kenn ich, ist echt doof.

🐾 Und dann bringt mich Mama echt zum Tierarzt. Geht's noch. Da geh ich gar nicht gerne rein. Hab ich erst mal Sitzstreik vor der Treppe gemacht. Und da hebt sie mich einfach hoch und schleppt mich rein. 🙄🙄🙄 Drin dann Fiebermessen 🐶 und zwei Spritzen 💉 💉😮

🐈‍⬛ Arme Lotte 😍😍😍😍

🐾 Zuhause hab ich dann erst mal geschlafen. Dann wieder ganz oft raus, danach gab es endlich etwas zu futtern. SCHONKOST, der Hunger trieb es rein und die Bauchschmerzen sofort wieder raus. Ging mir gar nicht gut und anstatt mich in den Schlaf zu kraulen, schleppt Sie mich wieder zum Tierarzt. Ja spinn ich, zweimal an einem Tag. Ich also wieder Sitzstreik, wieder reingetragen und dann rein zum Doc.

🧑 Hallo Lotte, was ist denn los?

🐾 Hab ihn ignoriert.

👩‍🦳 Haben Sie die Probe untersucht?

🧑‍⚕️ blablablabla Blut blablabla Bakterien blablabla

🐾 nochmal Fieber messen, noch mehr Spritzen 💉 und nix zu essen bis morgen früh 😵 ja spinnen die????

🐱 Lotte fühl dich am Öhrchen abgeschlecktert. Du hast so Recht, dass geht gar nicht, aber gut, dass es dir jetzt besser geht.

🐶 Lotte? Wo? Was ist los? Hab ich was verpasst?

🐱 Max halt die Klappe und schlaf weiter!

Ein ganz normaler Abend

Gastautor

🐾 Du Mama, wollen wir heute auf dem Sofa schlafen? Das ist so gemütlich auf deinem Bauch. 🐾😍

👱‍♀️ Musst denn nicht noch mal raus?

🐾 Ach da ist es nur kalt und dunkel.

👱‍♀️ Aber nicht das du dann mitten in der Nacht raus willst.

🐾 Nö, hier bleib ich bis morgen früh. *Kuschel*

🐾 schnarch ..... 💤💤💤

👧 stapft durch die Wohnung, knallt mit der Tür, singt.....

🐾 schnarcht weiter

👧 rumort im Ranzen und erklärt laut, wie schön es ist, morgen schulfrei zu haben.

👱‍♀️ Willst du denn noch nicht ins Bett?

👧 Nö

👱‍♀️ Na los, es ist schon echt spät.

👧 ach menno .... Lotte ist aber süß, sie träumt bestimmt von Hundebabys. 😍😍😍

👱‍♀️ Lenk nicht ab.

👧 Ich hab noch richtig doll Hunger.

👱‍♀️ Nein 👀

👧 kramt in der Süßigkeitenschublade

🐾 schläft weiter

🐑 öffnet den Kühlschrank gaaaanz leise 👻

🐾 schläft immer noch

🐑 raschelt im Kühlschrank

🐾 schnarcht und träumt weiter

🐑 Sollte Lotte wirklich nicht mehr so verfressen sein?

🐑 wirft die Kühlschranktür zu

🐾 27 kg Labbi stehen in 0,3 Sekunden mit Punktlandung auf meinen Oberschenkeln und Bauch

🐑 Autsch Lotte 🙄

🐾 trabt zu Emma, macht brav Sitz im Zuckersüßmodus 😍😍😍

🐑 Ah Lotte möchtest du auch Fleischwurst?🖤🐾

🐑 keine zehn Minuten später wollte die junge Hundedame dann doch noch raus.🌾

Ein ganz normaler Abend .....😍🐾🖤🐑

Geht's noch?

Gastautor

🐾 Hey Holzköpfe, seid ihr noch wach? Ich muss da mal was los werden.

🐈 Gäääähhhh

🐶 Schnarch

🐾 H A L L O, hier ist ein Hundemädchen in N O T!!!!!!!!!!!

🐶 👀 👀

🐈 Oh Lotte, was ist los?

🐶 Ja, was? ......gäääähhhn

🐾 Also euer Papa, der hat schon nen Knall.

🐈 Wieso, was hat er gemacht?

🐾 Na, der hat doch eure Pfoten 🐾 in Farbe getunkt und damit die Karten bedruckt.

🐶 Ja, stimmt, fühlt sich eklig an.

🐾 Warum macht der das?

🐈 Die Leute mögen das und wir sind schon echt berühmt.

🐶 Ja echt? Sind wir berühmt?

🐾 Also heute Nachmittag, meine Mama war ganz friedlich und dann hat sie die Leckerchen Dose aufgemacht. Ich habe brav sitz und Pfötchen gemacht und schwups hat sie meine Pfote einfach so in was rotes glitschiges getaucht. Iiiiieeeeehhhhh!!!!!
Dann hat sie versucht es mit dem neuen Kissen abzutupfen und dann bin ich weg gerannt.
Und der Kater ist gleich noch mal mit der Schwanzspitze durch die

Farbe und hat mein Leckerchen angeknabbert. Das hatte ich vor Schreck vergessen. Jetzt sagt mal, geht's noch!!!!

🐈 Ich weiß gar nicht was du hast, sieht doch gut aus. 😍😍😍

🐶 Ja Lotte, du hast eine wunderschöne Pfotenunterschrift 😍😍😍 😍😍 und du riechst sooooo gut. 😍😍😍😍😍😍😍😍😍😍😍

🐈 Max beherrsch dich!

🐶 Menno, du willst doch selber.

🐈🐶 tuschel tuschel tuschel

🐾 Jungs was tuschelt ihr?

🐈 Wir haben da eine Idee 💡

🐶 Ja, eine richtig gut riechende Idee 💡 😍

🐾 ???

🐈 Du P A P A aufwachen!!!!

🧑 Gäääähhhhhh Oh, da bin ich wohl glatt vor dem Fernseher eingenickert. Was ist denn?

🐶 Der Brösel hat eine Idee 💡

🐈 Der Max war auch ganz kreativ.

🐶 Du bist doch unser Papa. Und Papas zahlen ihren Kindern doch Taschengeld. Und wenn du jetzt Taschen an unseren Loops nähst, kannst du da doch auch gleich unser Taschengeld 💵 reintun. Und das muss ja schon richtig viel sein.💵💵💵

🐈 Ja Papa und mit dem Taschengeld möchten wir mit bieten, auf Lottes Kissenknochen. Dann haben wir auch ein Geschenk für dich für Vatertag. 😍😍😍🥰

🐶 Und bis zum Vatertag legen wir den Kochen in unsere Ecke, der riecht bestimmt richtig gut nach Lotte 🥰🥰🥰🖤

🧑 Bieten wofür?

174

🐕 Lottes Mama macht eine Versteigerung für einen Kissenknochen, das Geld geht an Empompi.

🐼 Also her mit der Kohle!

🧑 Wenn ich dann weiterschlafen darf, hier Bitteschön…

🐼 Geht doch!

Empompi

Fotoprojekt für Schattenkinder

Paul ist mein Sohn. Er hatte Knochenkrebs. Die Diagnose hat von jetzt auf gleich unser Leben verändert. Und natürlich gleichzeitig auch das seiner kleinen Schwester Emma. Sie ist drei Jahre jünger.

Aber beginnen wir am Anfang. Emma war gerade mal zweieinhalb Jahre jung als der Papa der beiden, mein Mann starb, Paul war immerhin schon fünfeinhalb.

Und dann mit sieben musste sie miterleben, was der Krebs mit ihrem Bruder macht. Und was war mit ihr? Zuhause war ja niemand, wenn ich immer wieder mit Paul in der Klinik aufgenommen wurde. Also wurde Emma rumgereicht, schlief immer bei anderen Familien, bis es ihr zu viel wurde. Dann reiste Oma jedes Mal mit der Bahn 333 km an, um bei ihr zu sein und das obwohl sie noch arbeitet.

Den Familien bin ich unendlich dankbar. Sie nahmen Emma so liebevoll und unentgeltlich in ihre Familie auf, das ist nicht selbstverständlich. Emma war mit ihnen unterwegs, hat viel erlebt und hatte so gut es ging, eine gute Zeit.....aber eben nicht mit uns zusammen. Im UKE dürfen die Geschwisterkinder nur am Wochenende mal zu Besuch kommen. Wie gut, dass Oma da war.

Es war eine machtlose und einsame Zeit für Emma. Auch 2018 im Februar war sie wieder bei einer anderen Familie untergebracht, zwei Wochen war ich mit Paul in der Uniklinik Münster (Paul musste wieder mal operiert werden) und Emma blieb in Hamburg.

Es zerreißt mir das Herz.

Ich hab ein kleines Projekt für Schattenkinder wie Emma gegründet.
In München gibt es bereits etwas ähnliches.

Die Schattenkinder erhalten eine Sofortbildkamera, mit der sie ihr
Leben fotografieren können, was sie erleben, wie sie es wahrnehmen
und es so begreiflich machen. Denn diese Bilder können sie immer
wieder anfassen, etwas darauf notieren, betrachten, zeigen und wenn
sie mögen, darüber sprechen.

Vielleicht habt Ihr Lust uns zu unterstützen.

Herzliche Grüße,
Susanne

EIN KLEINER EINBLICK INS KONZEPT

Das Schattenkind sollte alt bzw. reif genug sein, um die Sofortbild-Kamera auch entsprechend nutzen zu können.

Jedes Schattenkind bekommt ein Starterset bestehend aus:

- Sofortbildkamera oder mobiler Drucker für das eigene Smartphone
- Filme
- Ansprechpartner aus dem Projekt
- Alle zwei bis drei Monate ein Treffen mit anderen Kindern und Betreuern
- Fotoalbum
- Secretbox für die ganz privaten Bilder
- Und ein kleines Äffchen als Maskottchen.

Diese Box wird persönlich übergeben und nach dem Auspacken direkt vor Ort erklärt.

Nach dem ersten Jahr möchte ich gerne mit ausgesuchten Fotos und kleinen Einblicken zu deren Hintergrund, eine kleine feine Ausstellung anbieten.

Ergänzt wird das Angebot mit gemeinsamen Ausflügen, wie etwa eine Fotosafari ans Meer.

Öfters werde ich gefragt, ob das Angebot für Geschwister von Kindern mit bestimmten Erkrankungen gilt oder ob die Erkrankungsdauer oder gar der Tod Ausschlusskriterien sind. Bei Empompi sind alle Kinder von schwer kranken Eltern und Geschwister von schwer kranken Kindern willkommen. Eine schwere Erkrankung ist z.B. lebensbedrohend oder schränkt massiv den Alltag der Familie ein. Dabei ist es nicht von Bedeutung welche Erkrankungen dem zugrunde liegen.

Auch wenn das erkrankte Familienmitglied im Sterben liegt oder bereits verstorben ist, sind die Kinder bei uns willkommen.